KB038099

壽功大家

독공의
대가

권이백 신무협 장편소설

ORIENTAL FANTASY STORY & ADVENTURE

dream
books
드림북스

독공의 대가 9 -완결-

초판 1쇄 인쇄 / 2015년 7월 14일
초판 1쇄 발행 / 2015년 7월 21일

지은이 / 권이백

발행인 / 오영배
책임편집 / 편집부
펴낸 곳 / (주)삼양출판사 · 드림북스

주소 / 서울시 강북구 도봉로 173
대표 전화 / 02-980-2112 팩스 / 02-983-0660
편집부 전화 / 02-980-2116 팩스 / 02-983-8201
블로그 / blog.naver.com/dreambookss

등록번호 / 제9-00046호
등록일자 / 1999년 3월 11일

ⓒ 권이백, 2015

값 8,000원

ISBN 979-11-313-0361-0 (04810) / 979-11-313-0126-5 (세트)

* 지은이와 협의하에 인지는 생략합니다.
* 잘못된 책은 구입한 곳에서 바꾸어 드립니다.

이 도서의 국립중앙도서관 출판시도서목록(CIP)은 서지정보유통지원시스템홈페이지
(http://seoji.nl.go.kr)와 국가자료공동목록시스템(http://www.nl.go.kr/kolisnet)에서
이용하실 수 있습니다. (CIP제어번호: 2015018754)

毒功大家

독공의
대가

9

권이백 신무협 장편소설
ORIENTAL FANTASY STORY & ADVENTURE

dream
books
드림북스

독공의 대가

목차

第一章 진실의 일부가 알려지다 | 007

第二章 참혹도(慘酷圖) | 027

第三章 죄업(罪業)인가, 대가인가 | 049

第四章 혼란은 더 | 063

第五章 그들과 조우하다 | 087

第六章 부딪친다 | 107

第七章 구멍을 하나 막다 | 127

第八章 녹색무림 | 147

第九章 재회하다 | 165

第十章 수순을 밟다 | 185

第十一章 이동과 설득 | 205

第十二章 제압을 하다 | 225

第十三章 그들, 출현하다 | 245

第十四章 격돌하다 | 263

第十五章 끝을 향해서 | 279

후기 | 301

第一章

진실의 일부가 알려지다

화웅 진인이 목숨을 잃었다.

청성 장로의 마지막치고는 다소 허무할 수도 있는 죽음이었다.

장로들을 휘두르며 때로는 장문인조차도 압박하던 그였으니, 그의 죽음이 허무하다는 의견에는 반론의 여지가 없을 것이다.

"……"

그의 마지막이 충격적이어서일까. 그도 아니면 마지막이나마 무인으로서 죽음을 선택한 덕분일까.

자리에 있던 이들은, 비난을 하기 이전 침묵을 지켰다.

그들에게 있어 중요한 것은 화웅 진인이 단 일수에 왕정에게 무너진 것이 아니었다. 그들 중 많은 수가 독인들에게 밀린 것이 중요한 게 아니었다.

진실!

두터웠던 가면!

자신들에게는 믿음직하기만 했던 청성, 나아가서는 구파일방이 숨기려 하던 추악한 단면을 직접 보았다는 것이 중요했다.

선망을 받아 온 대상. 존경스럽기만 하던 대상이 실제는, 추악한 한 인물이었다는 것이 중요했다.

"……가지."

"그럼세."

누가 먼저 말을 할 필요가 없었을지도 몰랐다. 하나, 둘씩 움직이기 시작했다.

지금 이곳에서 어서 벗어나는 것이 그들에게 주어진 지상명제라는 듯 움직임은 꼬리를 이었다.

패배해서?

아니다. 전멸을 각오하면 타격이나마 줄 수 있을지도 몰랐다.

독인들이 무서워서?

아니다. 집단이 주는 광기 아래에서 두려움은 잠시 잊을 수 있을지도 몰랐다.

그들이 따르고 있던 자의 추악한 단면을 본 것이 실망스러워서이다. 그들은 도망치듯 물러나고 있지 않았다.

구파일방에 대한 그들의 환상이 무참히 깨진 것에 분노하며 차분히, 아주 차분하게 물러나고 있었다.

마지막으로 청성의 도인들을 직시함으로써 소리 없는 분노를 표출하며 떠나고 있는 것이다.

"……."

"……."

개중에는 아미파의 여승들에게 합장을 올리고 가는 이도 있었을 정도였다. 진실을 깨닫고 있는 것이다.

그런 그들을 바라보고 있는 독인들은 물론이고 특히 아미의 여승들도 침묵을 지키고 있었다.

아미는 수행을 하는 자이자 같은 구파일방으로서 본 실망스러운 모습에 대한 침묵이었다.

독인들은…… 중원의 무림이라는 환상, 대대로 독인들을 물리쳐 왔던 그들의 단면을 본 것에 대한 실망이었다.

"……끝인가?"

"하."

한 줄기의 바람이 그들의 사이로 드리우건만, 시원함을 느끼는 자는 이곳에서 그 누구도 없었다.

　　　　＊　　　＊　　　＊

　청성이 무너졌다.

　그들 전부를 죽이지 못하더라도 상관없는 결과였다. 화웅 진인을 그리 보낸 그들은 선택을 해야만 했으니까.

　그들이 할 수 있는 선택은 봉문. 그도 아니면 필사(必死)를 각오한 분투(奮鬪) 정도다.

　허나 많은 이들이 진실을 보았다.

　낭인들은 물론이고 그들을 따랐던, 이해관계로 얽혀 있던 많은 중소문파가 그들의 단면을 보아버렸다.

　비록 화웅 진인이 마지막은 무인으로서 죽었을지언정, 딱 거기까지였다.

　그의 마지막 선택은 제자에 대한 면죄부가 될 뿐이다. 그가 행한 모든 것들에 되한 면죄부가 될 수는 없었다.

　남은 죗값은 그가 아닌 그의 가족, 친우라 할 수 있는 청성의 남은 이들이 치러야만 했다.

　그들에게 다행인 점이 있다면 왕정이 청성 외의 인물들에게는 살수를 최대한 자제했다는 것이리라.

　그렇다 해도 아무런 사상자가 없지는 않았다.

　손을 잘못 휘둘러서, 우왕좌왕하는 아군의 검에 찔려서 예상치 못한 상처를 입는 것은 전장에서 비일비재(非一非再)한 일이다.

수천을 상대로 손을 휘둘렀으니, 어쩔 수 없는 일이다.

소속이라도 있는 자는 같은 문파원들이 챙겼으나, 문제는 소속이 없는 자들이 문제였다.

낭인.

칼 하나에 목숨을 걸고 무림을 헤쳐 나가는 그들에게 동료라고 할 수 있는 자들이 있다는 것은 어불성설이었다.

그들을 버릴 수 없었음인가?

청성인이 전부 물러날 때까지 오직 침묵만을 유지하고 있던 아미 장문이 왕정에게 다가와 물었다.

"잠시만…… 시간을 주시겠습니까?"

"……예. 안 그래도 쉬려고 했으니 얼마든지 가지시지요."

아무리 독곡에서 나온 이들이라고 해도 전장의 바로 위에서 쉬는 것이 좋을 수가 있으랴.

중원의 방식이 익숙하지는 않다고는 하지만 객잔에라도 가서 쉬는 것이 더욱 편할 것을 모를 이는 없었다.

그가 이곳에서 멈추어 서 있는 것은, 아미를 위한 배려인 것이다.

"항상…… 감사합니다."

아미의 장문 또한 왕정의 배려를 알기에, 거듭 인사를 하며 쓰러진 낭인들을 위해 움직이기 시작했다.

의원은 아니지만 무인으로서 배운 기본 조치를 취하여 그들을 살려보려고 하는 것이다.

효과가 있는 것인지 몇은 가쁘기만 하던 호흡을 정리하는 데 성공하는 모습이 보이곤 했다.

"대단히네요."

―불심이 깊은 것이겠지.

왕정도 의원 행세를 해본 데다 아칠에게도 배운 바가 있어 돕는 것이 가능하기는 하였으나, 우선은 지켜만 보았다.

"저는 못 하겠는데 말이죠. 자신에게 칼을 내지른 상대에게 치료라…… 전이라면 모를까, 지금은 무리네요. 하핫."

―이해 못 하는 것은 아니다.

"전이었더라면…… 음. 치료를 했을지도 모르겠지요. 살짝 무른 감이 없잖아 있었으니까요."

무림에 나섰던 초기. 당가가 자신을 경계하던 그때.

그때 자신이 확실히 움직였더라면 지금은 이야기가 좀 다르지 않았을까?

주변에 좀 더 도움을 구하고, 무림맹에 자신에게 맞는 노선을 찾았더라면 적어도 공적은 안 되지 않았을까.

라는 여러 가지 생각들이 왕정의 머리에서 스쳐 지나간다.

―무슨 생각을 그리하더냐?

"뭐, 이제 와서는 다 의미 없는 일을 생각한 것뿐이지요."

—여유가 좀 생겼나 보구나. 그러니 그런 생각도 할 수 있는 거겠지.

"그럴지도요. 어쨌거나 한 고비는 넘겼군요. 남은 것은 당가 하나네요. 적어도 사천에선요."

—그럴게다. 수습은 되겠지. 그 뒤에는 놈들을 끌어올릴 때까지 낚싯줄을 들이밀어야 할 테고.

당가를 처리한다고 해서 끝이 아니다. 마교 또한 처리를 해줘야만 했다. 그게 무인으로서 맞는 방식이니까.

"슬슬 걸려 올라오겠지요. 일이 뜻대로 안 되면 움직일 수밖에 없을 테니까요."

—진정 그러기를 바라야겠지.

밤새도록 사람들을 수습하던 아미가 손을 떼는 것을 마지막으로 새벽녘이 찾아왔다.

휴식이랄 수도 없는 휴식을 보낸 시간이었다. 하지만 왕정도, 독인들도, 여승들도 전부 침묵만을 지킬 뿐이었다.

각자가 생각해 온 중원 무림에 관한 정리를 하고 있는 것이리라.

*　　　*　　　*

"후우…… 후우……."

길게 심호흡을 내뱉는다.

그의 주변으로 빠르게 배경이 변화한다. 경공을 펼치는 것이다. 내력이 떨어져 심호흡을 급히 할 수밖에 없는 것이다.

그럼에도 속도가 빠른 것을 보면, 경공을 집중적으로 익힌 것이 틀림없었다.

그가 목적지로 하는 곳은 사천성 성도의 야트막한 암지(巖地)였다.

바위 외에는 아무것도 없어 보이는 그곳에 한 점의 망설임도 없이 뛰어든다.

쑥하고 사내를 집어삼키는 암지. 진이 있었음이 틀림없었다.

"후우……."

사내가 단 한 번의 심호흡을 끝으로 호흡을 정리한다.

여기서부터는 가장 중요해서다. 한끝의 실수가 목숨을 앗아가게 하는 곳이 바로 이곳이다.

좌로 한 보, 다시 우로 두 보, 앞으로 셋. …… 얼마나 반복한 것일까?

심호흡을 대신하여 식은땀을 흘려가며 움직인 것이 효과가 있었던 것일까. 쉼 없이 이어질 것 같던 사내의 걸음이 멈

쳤다.

목적지에 도착했음에도, 사내는 여전히 긴장을 하고 있는 것인지 굳은 표정이 풀릴 줄을 몰랐다.

"왔는가?"

익숙해 보이는 얼굴을 하고 있는 다른 사내가 애써 들어온 사내를 맞이한다.

본래부터 자리를 지키고 있던 사내가 옆에 있던 줄을 몇 번 빠르게 당겼다. 미리부터 정해놓은 신호인 듯 익숙해 보였다.

"겨우 왔네."

"흐음…… 좋은 소식은 아닌 듯하군."

"……그렇게 됐네."

"자네 탓이겠는가. 안에서 기다리고 계시네."

어떤 답이 온 것일까?

두런두런 이어질 것 같은 대화가 금세 끝이 나고, 저 멀리서부터 달려 온 사내가 다시금 움직이기 시작한다.

"휴우…… 이 짓도 못 하겠구만. 아무리 본가의 일이라도……."

다시 홀로 남은 사내가 회의감을 느끼는 듯 작게 중얼거린다.

투덜거려 보기는 하지만, 사내도 이미 알고 있었다.

지금 당장에 이곳을 떠날 수도 없다는 것을. 그가 자란 곳

에서의 명이니 그 어디로 떠날까. 그저 자신의 역할만 묵묵히
할 뿐이었다.

　'언제 봐도 적응하기 힘들군. 크…….'
　안으로 들어서니, 목불일견(目不忍見)의 지옥도가 펼쳐져
있었다.
　인(仁)에 들어가는 인(人)이라는 말이 무색해질 만큼, 사
람이 사람으로서 할 수 있는 잔혹한 행위들이 전부 있는 듯
했다.
　째고, 자르고, 저민다.
　같은 사람일진대 실험대상을 대하는 듯 여러 행위를 하고
있는 장면이 그의 눈동자에 그대로 비쳤다.
　'저리 할 필요까지는 없을 터인데…… 휴우.'
　처음 이곳에 올 수 있는 자격을 얻었을 때에는 기쁘기만
했던 사내다.
　하지만 지금은? 머리가 절로 저어진다.
　이곳에 오기 전이었다면 모를까, 앞으로 자신이 모실 자의
본모습을 본 사내로서는 아무것도 알지 못하는 전으로 돌아
가고 싶을 뿐이었다.
　그러나 할 일은 해야 했다. 지옥도를 외면하는 것만으로도
죄책감이 느껴지기는 하지만, 어쩔 수 없었다.

사내도 결국 위에서 시키는 대로 따라야 하는 처지인 것이다. 직계가 아니니 태어날 때부터 정해진 일이다.

"……다시 뵙습니다."

사내가 조심스레 예를 올리자, 지옥도 안에서도 집중을 하고 있던 미래의 주인이 사내를 바라본다.

당가 가주의 셋째 당이운이다.

그 사이에 그는 무엇에 쓰이기라도 한 듯 눈빛에 귀기가 어려 있었다. 담력이 약한 이라면 보는 것만으로도 쓰러질지도 모를 귀기였다.

당이운은 그것을 아는지 모르는지 여전히 무표정을 유지하며 물었다.

"흐으음…… 생각보다도 일찍 왔군? 삼 일은 더 있어야 올 예정이지 않았던가?"

당이운은 오랫동안 대화를 하지 않은 것인지, 절로 거부감이 드는 가래 끓는 소리가 났다.

마공을 익히지도 않은 그이지 않은가. 그런데도 자연스럽지 않게 가래 끓는 소리라니 무인의 몸치고는 뭔가 이상했다.

대체 무슨 짓을 한 걸까?

사내는 그리 생각을 했지만, 입을 열어 묻지는 않았다. 다만 물음에 답을 하였을 뿐이다.

"예상보다도 청성이 더욱 빠르게 패배했습니다."

"그래?"

청성이 빠르게 무너진 것은 당가에게도 좋은 결과는 아니었다.

특히나 당가는 청성에게 많은 것을 바란 것도 아니잖은가. 며칠 정도의 시간만 벌어주면 당가로선 충분했다.

그런데 그들이 하루도 버티지를 못하고 무너졌다고 한다. 좋은 소식이 아니다.

그럼에도 당이운의 표정은 구겨진다거나, 찌푸려지지 않았다. 되려 입술이 얇은 호선을 그렸다.

"역시…… 전에도 항상 예상을 벗어나기는 했지. 후후."

강자의 여유로움인가. 아니면 눈에 깃든 광기의 발로인가.

'좋은 상태는 아니군……. 휴우…….'

눈앞에 있는 당이운을 어찌 판단을 해야 할지 모를 사내로서는 내심으로 작게 한숨을 쉴 뿐이었다.

"본가에는 소식이 들어갔는가?"

"아직입니다. 가장 먼저 이곳으로 달려 왔습니다. 그래도 전해지기는 했을 겁니다. 저 말고도 꽤 투입이 되었으니 말입니다."

"흠…… 아버님이라면 이미 알고 계시기는 하겠지."

현 당가의 가주 당기전은 결코 떨어지는 인물이 아니었다. 인물됨은 모자랄지언정, 능력은 최상인 인물이 그다.

그렇기에 인면수심(人面獸心)의 칼을 휘두르면서도 당가를 사천 최고의 문파로 키울 수 있었던 그다.

그라면 해결책을 가져다주리라 믿고 있는 둘이었다.

"아버지를 뵈러 가야겠구나. 준비를 하게."

"명!"

"아…… 그리고 이곳은 곧 폐기하도록 하지. 얻을 것은 다 얻었으니까 말이지."

얻을 것은 다 얻었다라? 그렇다면.

"인중독이…… 다 준비된 것입니까?"

"아무렴! 후후……."

절세지독을 얻은 듯한 자신감. 그 하나를 안고, 당이운이 아버지 당기전을 향해 움직이기 시작했다.

*　　　*　　　*

중원의 중심은 북경이며, 다시 그 중심에는 황제가 있다.

천하의 부족함이 없이 자랐을 것이고, 좋은 것은 모두 얻었을 것이며, 얻지 못할 것이 없는 자가 황제였다.

그럼에도 황제는 무언가 불만스러운 듯 아미를 찌푸리고 있었다.

평소 유한 성격으로 보이는 황제가 아미를 찌푸릴 정도의 일이란 것은 제법 일의 경중이 높다 할 수 있는 상황이었다.

"대신들의 말대로라면…… 그 녹림도들이 다시 움직이고 있다 이 말인가?"

"그러하옵니다. 그들의 패악질이 너무도 심하여 많은 양민들이 고통에 떨고 있다 합니다."

황제 자체는 눈과 귀를 열어 놓고 살아간다.

눈과 귀를 닫아서야 중원을 다스리기 불가능하다는 것 정도는 배웠으니 당연한 이야기다.

허나 그 자신이 눈과 귀를 열었다고 해도 그의 눈과 귀로 보이고 들리는 모든 일이 왜곡되어 있다면 어떨까?

그건 과연 눈과 귀가 열린 것일까?

자신이 바로 들으려고 해도 전해지는 것이 바른 정보가 아니라면 바른 판단 또한 어려울 것이 당연한 이야기다.

녹림이 통합을 위해 치열한 혈전을 벌이고는 있으나, 정의방의 방해로 아직 완전한 통합을 이루지 못했다.

게다가 여러 녹림채 세력이 깎아 먹히면서, 녹림채가 패악질을 부리는 것이 잠시지만 소강상태를 이뤘을 정도다.

문제가 있다면 수로채의 사람들 정도일 터인데, 그들 또한 정의방의 상황을 지켜보면서 두문불출하는 상황이다.

그런데!

어째서 황제에게는 녹림의 패악질이 도를 넘었다고 전해지고 있을까?

또한 그런 보고를 올리는 대신들의 눈에는 어째 진심이 담겨 있었다. 현실과 다른 정보로 국정이 논해지고 있다니 웃기는 촌극이었다.

"본디 녹림은 무림의 일로 치부하기로 하지 않았던가? 선대의 황제께서도 그리하셨잖은가?"

"그렇사옵니다. 허나 그들이 일정의 선을 넘었습니다."

"흐음…… 선을 넘었다라. 그들을 징치하곤 하는 무림맹은 어찌 되었던가?"

"얼마 전 문제를 일으켰던 사혈련과 전쟁을 벌이고 있다고 합니다."

"사혈련과? 아아…… 그곳 말이군."

황제도 사혈련은 들어 알고 있었다. 무림맹 다음으로 가장 큰 세력이 사혈련이지 않은가.

게다가 얼마 전 황제의 손에서나 있어야 할 폭약을 가지고 일을 일으키기도 했던 사혈련이다.

감사를 보내고, 징치를 한 것으로 끝을 내기는 하였으나 황제의 입장에서는 아주 고얀 단체이기도 했다.

"사혈련과 무림맹이 전쟁을 벌이고 있다면 황궁에도 좋은 일이 아닌가?"

"그렇사옵니다. 허나, 그렇기에 녹림이 그 틈을 타 패악질을 부리니 문제이옵니다."

"흐음…… 그렇다고 군사를 보내는 것도 무리이지 않은가? 저 북방이 문제라는 건 대신들도 알 것일세."

과연 북방의 오랑캐가 문제일까? 그들도 자신들끼리의 내전을 정리하느라 바쁜 상황이지 않던가?

내전이 거의 끝맺음이 되어가고 있다지만, 진행 중인 것은 변하지 않는 사실이었다.

그럼에도 대신들은 자신들이 전하는 바가 오롯한 사실이라고 여기는 듯 시종일관 진실된 눈빛을 하고는 황제에게 고하고 있었다.

다만 황제만큼은 무언가를 알고 있는 듯, 여전히 고심을 하고 있었다.

'이 상황을 어찌한단 말인가? 흐음…… 누군가를 믿고 말을 못 할 상황이니…….'

그도 무언가를 알고 있는 것일까? 그의 내심을 대신들에게 말하는 바가 없으니 대신들로서도 알지 못할 일이다.

자신의 내부를 숨기며 황제는 의견을 구하여 보았다.

"대신들은 어찌하는 것이 좋다 생각하는가?"

대신들이 서로 입이라도 맞춘 듯, 하나같이 입을 모은다.

"사혈련과 무림맹은 그 자체로 균형을 이루고는 하였습니다."

"균형이라. 그런가?"

"예. 사파와 정파로 나뉘어 있는 것은 이미 천 년도 더 된 일입니다. 그러니 사혈련과 무림맹의 다툼은 예로부터 있던 일이라 할 수 있사옵니다."

녹림도 사혈련도 전부 사파에 속한다. 그럼에도 대신들은 교묘하게 사혈련만이 사파에 속한 듯 이야기를 하고 있었다.

황제는 그 사실을 지적을 할까 하다, 멈칫하고는 다시금 물었다.

"그래서?"

"우선은 사파와 정파의 다툼은 그대로 먼저 전쟁을 일으킨 무림맹을 징치(懲治)를 하시오며, 징치에 대한 벌로 녹림을 처리하게 만드는 것이 좋다 생각하옵니다."

무림맹이 사혈련을 먼저 쳤는가? 좋다. 정파와 사파는 본래부터 그러한 곳이다.

헌데 무림맹만 징치를 하자고? 그들에게만 벌을 주어서야 사혈련에게는 이득만 생기지 않은가.

"흐음…… 그리되면 사혈련이라는 곳만 이득이지 않은가?"

"그곳은 이미 무림맹에 밀리며 많은 피해를 얻었다 합니다. 그렇기에 무림맹만 징치를 하는 것이지요."

"그리함으로써 황실이 얻을 것은 무언가?"

"무림이 다시금 균형에 들게 될 것입니다. 다만 힘이 소모된 균형이겠지요. 그리되면 황실의 힘이 더욱 강해질 것이라 생각되옵니다."

이이제이를 하자는 것인가.

'그렇다고 보기엔…… 석연찮은 점이 너무 많구나. 흐음.'

예로부터 황실은 성파에 도움을 주곤 하시 않았던가. 정파 또한 황실에 도움을 주었기 때문이다.

그럼에도 정파를 징치를 하고 사파를 돕는 형국을 선택을 하라니?

말도 안 되는 소리다. 그 사실을 알고 있음에도 황제는 대신들의 말을 따를 수밖에는 없었다.

'아직은 때가 아닌 터. 더 지켜보아야 하는 것이겠지.'

고심을 하던 황제는 결국 대신들의 말을 따라 줄 수밖에 없었다. 그에게도 아직은, 나서야 할 상황이 아니었으니까.

"모든 대신들은 들으라. 무림맹의 수장이라는 자에게 황명을 내리겠으니, 당장에 그들이 일으킨 모든 정쟁은 수습하고, 나라를 어지럽히는 녹림을 벌하게 하도록 명하라."

"천세 천세 천천세!"

황제의 명을 거듭 받들어 모신 전령이 무림맹을 향하여 움직인다.

第二章

참혹도(慘酷圖)

모든 오대세가가 그러하듯, 오대세가의 힘은 단순히 오대세가 내의 무력만이 아니다.

그 주변, 그의 방계, 긴 인연. 많은 것들이 모여 힘을 이루고, 그 힘을 통해서 오대세가라는 이름을 얻을 수 있는 것이다.

데릴사위제가 있는 당가라지만, 그들 또한 넓은 그물망을 형성하고 있을 수밖에 없었다.

긴 시간이 주는 힘이다.

당철중. 당가의 성을 이어받는 것을 오래전 허락받은 당가의 방계인 그가 크게 분노한다.

방계들을 대표하는 그라고 할 수 있기에 가주인 당기전이라고 해서 그의 말을 완전히 무시할 수는 없었다.

"꼭 이렇게까지 해야겠소이까?"

"하지 않으면? 어떻게 하는가? 백 명의 독인일세. 달리 방법이 있는가?"

내부에서는 당기전의 권위에 도전하는 자가 전무했다. 허나 여기서는 이야기가 조금 달랐다.

"아미가 찾아왔을 때, 자리를 마련했으면 이 지경까지 오지 않았을 수도 있소이다."

"하하. 아미가 찾아왔을 때? 아미의 말을 들으란 말인가?"

"그럼 희생은 적었을 것이오."

"희생은 적었겠지! 하지만 그 명예는? 아미의 말을 들었다고 수근댈 사람들은?"

"그 정도야 감내할 능력이 되지 않소이까?"

이대로라면 논쟁은 길어질 뿐이었다.

당철중을 자신이 사용할 수 있는 좋은 패로밖에 생각지 않는 당기전으로서는 논쟁이 더 길어지는 것을 원치 않았다.

"되었네! 당가주로서 명을 내리겠네. 성도에 모인 모든 방계는 당가의 수호를 위하여 모두 움직이도록 하게나."

"가주!"

"명이네! 거절을 할 것인가?"

가주가 눈짓을 한다. 그의 주변에 있는 당가사혈주(唐家死血隊)의 대주들을 가리키는 눈짓이었다.

방계라 하여도 가주의 명을 따라야 함이 가칙이니, 그것을 강제로라도 따르라 말하는 것이다.

"후. 알겠소이다! 단, 무를 익히지 않은 자. 아직 수행이 부족한 자. 상관이 없는 식솔들은 제외를 하겠소이다!"

모두를 데려갈 수는 없다는 소리다.

"반수는 빼겠다는 것이군?"

"그렇소!"

허나 당가주는 여기까지 이미 계산이 끝난 것인지 여전히 여유로운 웃음을 짓고 있을 뿐이었다.

그는 아예 지금의 상황을 즐기고 있는 듯 보일 정도였다.

'적당히 상하관계를 다시 세울 때도 되었지. 남은 반수 또한 앞으로 좋은 패가 돼 줄 것이야.'

진심으로 그리 생각한 그는 시원스레 고개를 끄덕였다.

당가의 방계 중 반 정도의 수만 이번 혈전에 나설 것을 허락하는 뜻이었다.

"바로 움직이게나."

"가주…… 설마 우리들만 움직이라는 것이오?"

방계가 괜히 방계가 아니다. 직계에 비해서 전해지는 무공도, 세력도 떨어질 수밖에 없는 것이 방계다.

그럼에도 명한다.

"왜 아니겠는가?"

"가주. 이번 일은…… 내 기억하겠소이다."

"얼마든지 하게나. 그럼 본주는 먼저 움직이도록 하겠네. 가지."

"옛!"

당가주가 자신의 직속이라 할 수 있는 대주들을 데리고 물러난다.

홀로 남은 당철중은 귀신에라도 쓰인 듯 얼굴이 새하얘져서는 한참을 두고 침묵만을 유지하고 있었다.

그리고 이내.

"허헛. 대를 이은 충성의 대가가 이것이라면야…… 우리도 우리 살길을 찾아야 하겠지."

그가 마지막 작심을 한 듯 조심스레 움직이기 시작한다. 의외롭게도 그의 목적지는 당가의 직계만이 있는 당가의 본처였다.

*   *   *

제아무리 넓은 사천이라지만 미산(眉山)현에서 성도(成都)

로 가는 것은 그리 긴 시간을 필요로 하지 않았다.

일행은 수가 조금 줄어들었다.

백인의 독인들은 여전하지만, 아미파 여승들의 수가 좀 줄어든 것이다.

부상자가 있어 그러한 것이 아니다. 부상자라고 해봐야 경상자가 대다수인지라, 부상으로 물러날 이유는 없었다.

다만 그들 중 일부는, 개방이 부탁한 일과 더불어 사천 무림의 다른 무인들을 설득하기 위해 움직였다.

바로 이틀 전의 일이다.

아미의 장문은 굳은 결심이라도 한 듯, 새삼 진지한 표정을 하고는 왕정을 찾아왔었다.

그녀가 이럴 때면 어려운 부탁을 하고는 하는지라, 왕정도 작게 긴장을 하면서 아미파의 장문을 맞았었다.

헌데 이번에는 부탁이 아니었다. 일종의 통보이자, 자신들의 결심을 전하는 것이었다.

"저희가 너무 안일했을지도 모릅니다. 당가가 안 되면, 다른 문파들이라도 찾아야 하지 않았을까 모른다는 생각이 들더군요."

"그래서 가시는 겁니까?"

이유는 단순했다.

자신들이 당가만 설득하러 움직였던 것은, 어쩌면 자기기만이지 않을까 하는 생각에서였다.

당가가 아닌, 중소문파들도 사천의 무림을 형성하고 있는 무인들이지 않은가. 그들도 무림인이고 그들이 곧 무림이다.

구파일방, 오대세가, 무림맹, 사혈련. 이들 안에 있는 자들만 무림의 무인들이 아닌 것이다.

그럼에도 아미는 처음부터 그들을 설득할 생각도 하지 않았었다. 우물 안 개구리와 같은 생각이었다.

그것을 뒤늦게서야 깨달은 아미의 여승들이다.

잘못을 했으면 수정을 해야 하는 법. 그러니 움직여야 했다. 그대로 있어 보아야 달라지는 것은 없었다.

"장문인, 저는 남을 겁니다. 장문인 제가 끝까지 지켜보아야겠지요. 하지만 대다수의 장로들은 움직일 겁니다."

"아미의 결정이 그것이라면, 말릴 수는 없겠지요."

옳은 결정이다. 말릴 이유가 없었다.

"예. 끝까지 포기하지 않는다는…… 기본을 잊고 살았던 듯합니다. 그들 또한 사천의 무인들이거늘…… 그들을 무시했지요. 후후. 시야가 어두웠던 것이겠지요."

"그럴 리가요."

"아닙니다. 화웅 진인의 죽음을 보면서 많은 생각을 했습니다."

"그렇습니까?"

"예. 어쩌면 구파일방이나, 오대세가라는 이름 자체가 허명일지도 모른다는 생각이 들 정도였지요."

"그 정도는 아니지 않습니까?"

"아닙니다. 저희는 단지 조금 이름이 난 자들일지도 모릅니다. 그것에 특권을 가질 필요는 없겠지요."

특권이라.

'그리 생각할 수도 있는 것인가.'

하지만 구파일방, 그것도 아미파의 많은 무공들 또한 얼마나 대단한 것들이 많은가. 완전한 허명이라기엔 그들은 결코 낮은 자들이 아녔다.

또한 그리 생각을 할 수 있다는 것 자체가 그들 정신의 고매함을 보여주기도 하였다.

'잘못을 인정할 수 있다는 것 자체가, 탄탄한 자신감이 있기에 가능한 일.'

왕정과 함께하던 아미파의 여승들은 무공이 아닌 정신으로써 점차 강해지고 있는 것이다.

무인, 그것도 정파인에게 있어 바른 정신이란 곧 강한 힘을 가진 깨달음으로도 이어지는 법.

이번 동행이 끝이 났을 때, 어쩌면 아미파의 여승들은 사천무림이 아니라 더 나아가 무림 전체의 막강한 문파가 될지도 몰랐다.

또한 수련하는 자로서도 그들은 능히 존경을 할 만한 자들이었다.

"⋯⋯휴우. 저 또한 배우는 바가 많군요. 장문을 보면, 저 또한 그동안 정파인들을 너무 편협하게 바라봤을지도 모르겠습니다."

"후후. 그렇습니까?"

"예. 진정한 무인이란 몇 되지 않는다고 보았지요. 또한 수행자도요. 하지만 요즘은 아닐지도 모르겠다는 생각이 들고는 합니다."

정파인다운 정파인이란 없을 거라 여겼다. 진정한 무인이란 없을 거라 여겼다.

다들 이합집산에 따라 모여드는 부나방이며, 이해득실을 따지는 편협한 자들이라 여기던 때도 있었다.

자신이 무림에 오고 그런 자들을 한없이 많이 보아 왔으니까.

하지만 아미의 여승들과 같은 자들도 분명히 있었다.

점창이 그러했고, 자신이 만났던 이화, 정우, 제갈혜미가 그러했다. 하물며 화웅 진인조차도 죽기 이전에는 무인의 본분을 찾았었다.

비록 소수이나 바른 정신이라는 것은 계속해서 이어지고

있었던 것이다.

왕정 또한 무인들을 보던 편협함을 버려가면서 점차 정신의 그릇이 커져 가고 있었다.

그리고, 동이 튼 그 날.

"장문. 가보겠습니다."

"고생길을 열어드려 미안할 뿐입니다. 아미타불……."

"후후. 몸은 힘들지언정 마음은 편하겠지요. 사천 무림인들을 설득하며, 오해를 벗을 겁니다. 또한……."

"개방의 부탁도 잘 들어주어야겠지요. 부탁드립니다."

"장문 또한 몸을 중히 여기시기를……."

아미의 여승들은 누군가는 북으로, 또 누군가는 남과 동, 서로 부지런히 몸을 놀리기 시작하였다.

'사천의 무인들을 하나로 모아 달라.'

개방의 부탁이다. 이유는…… 아쉽게도 이번 일이 끝난 후 왕정에게 듣기로 되어 있었다.

다만 여승들도 어느 정도 예측은 이미 하고 있는 바다. 이 정도 상황까지 왔는데 무언가 있다는 것 정도는 눈치챌 수 있을 능력은 가졌다.

허나 이유가 타당하다손 치더라도, 당장에 그녀들의 움직임은 아무런 결과가 나오지 않을지도 몰랐다.

아무리 개방의 부탁을 받은 것이라고는 하나 사천 무림인들의 오해를 샀었던 아미 무인들이지 않은가.

여승들이 그들을 설득하는 것은 보통 고된 일이 아닐 것이다.

그럼에도 여승들은 해낼 것이다. 그녀들의 의지가 그리 말하고 있었으니까.

그렇게 그녀들이 떠나간 것이 이틀 전의 일이다.

수가 줄어든 일행이지만, 그들의 기세만큼은 여전했다. 자신들이 행하는 일이 올곧은 일이라는 자신이 있는 덕분이다.

―결착이 되겠구나.

[그렇겠죠. 다만 깔끔하지는 않겠지요.]

처절하리만치 더러운 수단을 사용하는 당가다. 지금에 와서 깔끔하게 나온다면 그게 더 이상하지 않은가.

이제 와서는 상대에게 깔끔함을 바라기보다는, 조금이라도 덜 더러운 수를 쓰기를 바라는 왕정이었다.

이제 얼마 남지 않은 성도다.

설마 성도 안에서 전투를 벌이고자 하지는 않을 터이니, 이쯤 되면 당가의 인물들도 나와 줄 법하지 않던가.

"있네요."

"마지막 저지선이어서 어쩔 수 없이 나오기는 한 듯합니다.

후후."

여기까지는 예상대로였다. 안일지의 말대로 그들의 입장에서 성도의 입구 부근은 마지막 저지선이지 않겠는가.

아무리 당가라 하더라도 성도에서 일을 벌일 수는 없으니 말이다.

저들이 이곳에서 자리를 잡는 것도 당연은 했다. 헌데, 이게 어쩐 일일까?

앞을 보니 광경이 이상하였다. 처음 중원에 나서는 호일운도 뭔가 이상함을 느꼈는지, 먼저 물어왔다.

"당가에서 유명한 대대가 꽤 있지 않습니까?"

"그렇죠. 당가십이대를 제외하고 흔히 당가사혈주라고 칭해지지요."

당가십이대는 당가 최고의 무력 단체다.

숫자는 고작 열둘. 그들의 숫자는 적어도 당가 최고의 무력 단체라고 하기에는 무리가 없었다.

그들의 표식으로 사용하는 것은 열둘 전부가 달랐다. 십이대에 속한 자들의 특기가 무엇이냐에 따라 표식이 주어졌으니까.

통일성이 없어 보일 수도 있다. 허나 반대로 생각하면 한명, 한 명의 특기를 인정하는 말과 다르지 않았다.

한 사람을 위해서 표식을 마련해 주다니? 그것도 한 대의 상징임에도?

알 만하지 않은가. 그들의 강함을 당가에서도 인정을 하는 것이다.

현재의 대에는 암기를 사용하는 자가 다섯, 독을 사용하는 자가 일곱이라 알려졌다.

'흐음…… 십이내야 보이지를 않는군. 그래도 그들이야 최전선에 있을 자들은 아닌 정예니까.'

없어도 이해는 간다. 그들은 전대 장로를 제외하고는 당가 최후의 보루라고 할 수 있는 자들이다.

없어도 괜찮았다.

헌데 문제는 나머지 당가사혈주다.

당가의 내당 무사들로 구성된 당가혈구대(唐家頁具隊)와 당기십기대(唐家十技隊).

외당의 무사들로 이루어진 당가철신대(唐家鐵信隊)와 당가운정대(唐家雲霆隊)는 어디로 갔단 말인가?

당가혈구대와 당가운정대는 독을 사용하는 것을 특기로 하는 자들.

당가철신대와 당가십기대는 당가의 자랑이기도 한 암기를 주로 사용하는 자들로 구성되어 있는 곳이다.

현대의 당가주가 암기보다는 독을 특기로 하기에, 암기를 사용하는 대의 위세가 전만은 못하다.

하지만 그들 또한 당가를 떠받쳐 온 전통들이라면 전통이지 않은가.

어느 하나 부족할 곳이 없는 곳이며, 이들을 이끌기에 따라서 중소문파들 한둘 따위는 쉽게 무너트릴 수 있는 힘을 가지고 있다.

그런데 그들 중에서 보이는 자가 단 하나도 없다니?

고작해야 당가를 상징하는 깃대라고는 당외(唐外)라고 표시가 된 표식밖에는 없지 않은가.

그 외에는 또 어디서 데려왔을지 모를 낭인들과 식객으로 보이는 자들이 다수 포진해 있었다.

제갈혜미에게 당가에 대한 설명을 전혀 듣지 못한 것은 아니지만, 이쯤 되면 왕정으로서도 물어볼 수밖에 없었다.

그가 아미의 장문을 보며 물었다.

"당외라 표시가 있는 것은 무슨 표시입니까?"

"당가의 방계들이 사용할 수 있는 표식이지요."

"방계요?"

"예. 당가의 직계에 들지 못하는 자들. 혹은 핏줄이 너무 멀어 외당에도 들지 못하는 자들이 가질 표식입니다."

"하……"

방계라고 하더라도 아주 멀디면 방계라 함이 아닌가. 그런 자들의 깃발만이 보이고 있다고?

그들이 당가를 대표할 수 있겠는가?

그럴 리가! 당가의 방계라 해서 무적은 아닐 것이다. 특히 나 외당에도 들지 못하는 자들은 더더욱!

그렇다면 너무 뻔하지 않은가.

'자기 혈족을 희생양 삼은 것인가.'

아무리 당가라지만 이건 너무하지 않은가? 상황이 니무 이 이가 없어 한숨부터 나오는 왕정이었다.

"저들……답군요."

"……어쩌다 당가가 이렇게까지 변했는지 모르겠군요. 휴우."

상황을 같이 파악한 아미의 장문도 같이 한숨을 쉰다.

"허나…… 아무리 방계라고 하더라도 당가는 당가…… 저 로서는 살계를 열 수밖에 없습니다."

"……아쉽지만 아미도 그것은 이해합니다."

"예. 이미 너무 멀게 온 사이니까요. 어쩔 수 없음이지요."

그때다. 바로 맞붙을 것만 같았던 당가의 방계들이다. 그 들은 모두 죽음을 각오하고 있는지 그 기세가 흉흉하기 그지 없었다.

그런 가운데, 한 명의 무사가 튀어 나오니 왕정으로서도 전혀 예상치 못한 의외의 상황이었다.

머리로 예상은 가지만, 이런 경우는 또 처음이지 않은가.

왕정이 조심스럽게 하운성을 바라보며 물었다.

"대화를 하고자 오는 것이겠지요?"

"아마…… 그러지 않겠는가? 보통은 그리하니 말이지."

하운성 또한 당황스럽기는 한 듯했다. 그도 그럴 만하기는
했다.

당가에서 대화를 청하다니?

정파인들로서는 당연해 보일 수도 있는 모습이지만 당가
가, 어디 정상으로 굴었던 적이 있던가.

그러니 꺼림칙한 표정으로 답을 할 수밖에 없었던 것이다.

"크흠…… 분위기를 보아하니 대련을 청하는 것도 아니
고…… 대화가 맞기는 맞는 듯하이."

"그럼 이쪽에서도 나가봐야겠군요."

"다녀올 것인가?"

"예, 피를 볼 사이이기야 하지만…… 저쪽에서 저런 식으
로 대화를 청하는 것도 또 처음이니까요."

왕정의 말에 하운성이 씁쓸한 웃음을 취한다.

"하핫…… 당연히 가야 하는 것임에도 어색함이 느껴지다
니. 상황이 웃기는군."

"그것도 그렇군요."

"같이 가주지 않아도 괜찮겠는가?"

"예. 문제가 있을 리가 없지요. 저쪽도 홀로 오는 것으로

보아 이쪽도 그리 해주는 게 좋을 듯해서 말이죠."

"알겠네. 다녀오게나."

"예."

왕정과 당가의 방계에서 왔음이 분명한 대표 방철중이 마주했다.

'재밌군. 방계가 차라리 낫다는 건가.'

눈앞에 마주한 당철중은 오래전 쓰여진 사서(史書)에서나 볼 수 있는 장군 같은 분위기를 풍기는 자였다.

무인임이 분명할 것임에도, 장군의 풍모를 풍긴다는 것은 달리 말하면 사람을 이끌 만한 자라는 소리다.

당가의 장로에서부터 시작하여, 당이운에 여러 무사들까지 보았던 왕정으로서는 처음 보는 인물이었다.

그는 모사꾼도, 아첨꾼도 아니며 정치가는 더더욱 아닌 자로 보였다.

'생각 이상으로 어리군. 이런 자가 당가를 이런 식으로까지 몰아붙였다는 말인가. 허헛.'

당철중 또한 왕정을 바라보며 감회(感懷)아닌 감회를 느끼고 있었다. 소문으로야 들었지만 왕정이 이리 어릴 줄은 그도 몰랐던 듯하다.

허나 어리다고 하더라도 적수라면 적수다. 타락은 했을지언정 사천 최고의 문파로 불리던 당가를 몰아붙인 적수.

어쩌면 완전히 멸족을 시켜버릴지도 모를 적수이지 않은 가.

'휴우…… 어렵구나.'

게다가 그는 오늘 이 자리에서 방계로서, 또한 방계를 책임지고 있는 자로서 왕정에게 부탁을 해야 하는 처지다.

아주 몰염치한 부탁을.

"처음 뵙겠소. 당가의 방계들을 책임지고 있는 당철중이라 하오."

"책임이라…… 책임입니까?"

책임을 지다니? 방계인 그가 자신의 가족들을 책임지는 것은 이해할 수 있다. 하지만 그는 분명 선을 딱 잘라 말했다.

당가의 방계들을 책임지고 있노라고.

굳이 당가의 일족이라 말하지 않고, 당가의 방계들인 '당외'라는 자들을 책임지고 있다고 선을 그었다.

"적어도 오늘 이 자리에 온 자들과, 가족들은 책임지며 대표하고 있네."

"선을 그으셨군요?"

"……그럴 수밖에 없어 보이지 않는가. 하핫."

서글퍼 보이는 웃음이다.

'죽을 자리에 왔으니까…… 그렇다 해도 이제 와서 자비를

구하는 것도 웃기지 않은가?'

자신들은 방계이니 살려 달라 말하는 것일까? 그도 아니면 방계이니 상관이 없다 선을 그으려 하는 것일까?

독인들을 상대로 이기는 것은 지난한 일이니 자비를 베풀어 달라 말하는 것일까?

'말도 안 되는 소리!'

자비를 구하고자 하려 했다면 처음부터 자신을 편들어 줘야 했다.

방계라 할지라도 폭주해 나아가는 당가의 본가를 향해서 쓴소리를 했어야 했다. 왕정에게 그리해서는 안 된다고!

그들은 철저히 방관을 했었다. 방계라는 이유로, 직계가 벌이는 일이라는 이유로.

왕정을 철저하게! 몇 번이고! 핍박하려 하는 당가 본가의 일을 방조하고 있었을 뿐이다.

이제 와서 방계라 해서 용서해줄 수는 없지 않은가?

"자비를 원하시는 겁니까?"

"그럴 리가!"

"그럼 무엇입니까? 이런 자리는 왜 필요한 것이고요?"

"하하핫. 필요 없을 자리지. 아무렴! 필요할 리가! 방조에 대한 죗값으로 죽음을 당하면 그뿐! 방계라 할지라도 피가 이어졌으니 같이 책임을 져야겠지!"

그의 눈에 핏발이 섰다. 억울할 수 있겠지만, 자신의 책임을 지고 가겠다는 모습이었다.

그는 결코 방계로서 자비를 원하는 표정이 아니었다. 다만.

"그렇다 해도 책임지는 자로서, 최선은 다해야 하지 않겠는가?"

"무엇이 최선입니까?"

"죽이게! 우리를 죽여 주게나!"

진심이다. 이자는 오늘 죽으려 한다. 자신이 방계의 대표로 모든 것을 짊어지고 죽으려 한다.

그 뒤에 있는 방계들도 모두 같은 마음인 듯, 그들의 눈에는 이미 결의가 불타오르고 있었다.

"다만 부탁이 아닌, 죽어가는 죄인의 바람이 하나 있다면…… 사람은 가려주게나. 죽을 자와, 죽지 않을 자를…… 비록 방조라 할지라도 말일세."

"……."

어째서 이런 자들은 이제 와서 눈에 띈단 말인가. 이런 자들은 왜 이런 상황에 와서야 자신의 뜻을 말한단 말인가.

'웃기는 노릇이다.'

허나 웃기는 상황임에도, 그들로서는 진심이었다.

마음이 무거워진다. 자신에게 칼을 빼어든 당가를 벌하는 행위임에도 마음의 짐이 생겨나고 있다.

어렵다.

'그럼에도 나아가야겠지.'

그렇게 왕정과 당철중. 둘의 대화는 짧게 끝이 났다.

第三章

죄업(罪業)인가, 대가인가

죽인다. 죽여야 한다. 죽여야만 한다.

사람이 사람을 죽여야 했다. 전장이기 때문이다. 그렇다면 이곳은 왜 전장이 되었는가?

'내가 그리 만든 것이지. 아니 처음은 당가……'

당가와 자신의 싸움이다. 서로가 서로를 죽여야 하는 싸움. 아니, 일방적인 학살일는지도 모른다.

삼화칠전화(三花七戰和)라는 암기를 날리고 있는 방계이지만, 그의 눈빛이 말한다.

'죽여 주게. 이것을 끝으로……'

사람을 가려 달라 말한다.

방조를 한 것이 죄가 되는 것은 분명하나, 마지막의 마지막에까지 자비를 베풀어 달라 말한다.

자신들의 죽음을 제물로 삼아, 조금의 용서를 빈다. 방계들은 그러한 행위를 하고 있었다.

'자신들의 가족. 같은 방계. 죄를 짓지 않은 자를 봐 달라 말하는 걸까?'

당철중이 마지막 그의 품에 남겨준 그것. 작은 서찰이 그 무엇보다도 무겁게 느껴진다.

당철중이 안겨준 서찰에는 대체 무슨 내용이 적혀 있는 것일까? 모른다. 그는 자신이 죽고 나서야 읽어 달라 말하였다.

그 내용도 모르며, 무엇을 말하는지 모른다. 명확한 것이라고는.

"……미안하네!"

암기를 날리면서도, 당가의 본가를 속이기 위해서 최선을 다하는 척을 하면서도 결국에는 죽음을 맞이하고자 하는 그들의 모습만이 명확했다.

"어렵구려!"

안일지의 말대로다.

가장 어려운 전투다. 무와 무의 고하를 나누려 목숨을 빼앗는 것과 죽으려는 자의 숨통을 끊어주는 것이 어찌 같은 전투일까.

어려울 수밖에!

학살자, 살인귀가 아니고서야 어려운 전투다. 하지만 중간에 그만둘 수는 없었다.

당가의 방계들의 눈빛이 말했지 않는가. 죽여 달라고. 한 점의 자비라도 얻어 보려 자신의 독강기들에 몸을 가져다 대지 않느냐는 말이다!

"후우…… 후우……."

평소보다 몸을 많이 놀린 것도 아니건만 지친다. 수만을 살해한 것처럼, 호왕(虎王)을 상대하여 지친 것만큼이나 지친다.

많이 겨뤄본 혈전임에도 정신이 아득해진다.

무게감이 다가와서다. 자신이 실행하는 당가에 대한 복수의 무게감이 이제 와서 왕정의 정신을 잠시 앗아가고 있었다.

당연하기만 한 복수. 당당한 복수.

아무런 죄책감이 느껴지지 않는 그런 복수는 어쩌면, 소설에나 있는 환상일지도 모른다.

헛소리냐고? 그럴 리가. 당가 복수에 대한 당위성을 가지고 있음에도 이렇게나 무게감이 크지 않은가.

어쩌면 사서(史書)에서 말하던 복수를 하던 자들은, 죄다 살인귀에 악귀일는지도 몰랐다.

주화입마라도 오려 하는 것인가? 첫 살인에서보다도 더욱 무서운 죄책감이 그를 감싸려 하고 있었다.

그때.

—정신 차리거라!

그의 하나뿐인 인연. 어쩌면 자신을 이런 수렁에 빠트렸을지도 모르나, 이제는 하나뿐인 가족인 자.

할아버지. 독존황이 그의 정신을 일깨운다.

"……그래야겠죠."

정신을 차려야만 했다. 그제야 정신을 차려보려 노력을 한다.

"후."

정신을 조금 차리고 주변을 둘러본다.

우습게도 주변을 둘러보면, 둘 중 하나였다. 정신이 없는 와중에서도 자신에게 달려들어 죽은 시체들과 시체가 되기 위해서 달려드는 자들 뿐.

죽고자 하다니. 대체 무엇에 그들이 모든 목숨을 버려야만 한다는 말인가.

죄를 지은 자는 그들이 아니라, 그들을 이곳에 보낸 당가의 직계들일 따름인데! 우습지도 않은 상황이지 않은가!

'그럼에도 죽여야 한다.'

이게 무게다.

"크으…… 고맙네!"

그들이 고마움을 말해서가 아니다. 죽는 그 순간에서도 웃음을 지어서가 아니다.

선택이기 때문이다. 이 상황이 자신의 선택이며, 복수를 하고자 다시 몸을 일으킨 자신의 선택에 대한 대가다.

대가.

진부한 소리지만 그것만큼이나 확실한 말이 또 어디에 있겠는가.

모든 선택에는 대가가 따르듯, 자신의 선택에는 이런 무의미한 살인도 들어가 있는 것뿐이다.

그들 또한 당가의 피를 이었음으로.

그들 또한 자신의 일에 방관을 하였음으로.

당가에 대한 복수를 말하는 자신의 선택에 끼어 있음으로서.

서로가 서로의 목숨을 노려야 한다. 아니 한쪽은 말도 안 되는 짓으로 용서를 빈다고 말한다.

자신은 그런 그들의 자살을 거절할 수 없었다. 아니 방조할 수밖에 없었다.

지금 이곳에서 당가의 방계를 죽이지 않는다면?

그들은 당가의 본가에 의하여 처벌을 받을 것이다. 그들의 자식, 그들의 가족, 그들의 처, 그들의 인연이 말도 안 되는 핑계로 처벌을 당할지도 모른다.

말도 안 된다고?

그게 무림이다. 그런 식으로 사람의 목숨이 쉬이 사라지는 곳이 무림이다.

혈족을 알아보지 못하여, 사조를 알아보지 못하여, 배분을 알지 못하여, 실력을 제대로 알지 못하여 죽는 곳이 무림이다.

거창한 이유 따위는 필요 없었다.

서로가 중요시하는 각자의 가치. 배분, 삶, 출신, 배경, 환경 그 모든 것들의 결과로 쉽게 사람이 죽곤 하는 곳이 무림이다.

그렇기에 이들은 자살하듯 달려드는 것이다.

백인의 독인들을 향해서 살수를 흩뿌리지도 못하여, 자살을 택한 것이다.

죽는 것. 죽음.

그것만이 당가의 방계인 그들에게 독인들에게도, 당가의 직계에게도.

'어쩔 수 없었다. 죽일 수밖에 없었다.'

라는 면죄부를 줄 수 있게 되니까. 그게 무림이다.

"후우……."

한숨이 조금 흘러나온다. 어쩌면 처음 그날, 뱀에 물리고 살아남기 위해서 독초를 씹어 먹었을 그때!

그때부터, 지금처럼 손에 피를 묻히는 것이 예정되어 있었을지도 몰랐다.

그것이 무림이니까. 그것이 무림인의 삶이니까. 그것이 당연시되는 곳에 두 발을 딛고 서 있으니까!

"……오시지요."

"가네!"

마지막 남은 자. 당철중이 달려든다. 분투를 했음이 분명한 몸을 하고서! 너무도 상쾌한 듯한 표정을 하고서 달려든다.

죽을 자임에도 불구하고!

그래. 어쩌면 지금껏 자신이 하고 있었던 것은 잡념이었을지도 모른다.

이들을 죽이는 것에 대한 죄책감에, 말도 안 되는 생각들을 이어 나갈 수 있었던 것일지도 모른다.

바보처럼, 피하려고 했던 거다.

'직시해야 한다.'

독사에 당해 독공을 익히기 위한 것도 자신의 선택. 무림에 나서게 된 것도, 결국 이화를 도왔던 것도 자신의 선택.

세상에 타협하지 않고 당가와 척을 지기 시작한 것도 자신의 선택이다!

독인들을 이끌고 이곳 중원에 다시 나선 것도 자신의 선택이다!

말도 안 되는 자살과 살인이 벌어지고 있을지 모르더라도,

결국에는 이 모든 것이 자신의 선택에 의하여 파생된 일이다.

그러니 직시를 해야 했다. 피하지 말아야 했다. 자신의 선택에 의하여 파생되는 이 모든 결과들을 짊어져야 했다.

그것이 왕정 자신이 선택한 것에 대한 선택의 대가이며 결과다.

죽어가면서도 고맙다고 말하는 그들을 위해서라도 외면을 하지 말아야 했다. 그것이 예의다.

"……부탁함세."

"……최선을 다하지요."

"크큭. 그거면 되네. 쿨럭 그래. 그거면……."

그것이 눈을 감아가는 자. 당당하기만 한 자. 장군과도 같은 풍모를 가지고 있는 당철중에 대한 예의다.

자신의 선택에 대한 업보이기도 하고!

"후우……."

"끝났네. 끝이 났어. 허허……."

무림사라는 역사에 남겨질 당성도혈사의 한 줄기를 채워넣는 행위이기도 하였다.

'모든 것을 짊어진다.'

잡념도 여기까지다. 선택에 대해 회피를 하는 것도 여기까지다. 직시를 할 것이다.

이제 남은 당가를 처벌하기 위하여. 죄업을 쌓되, 업에 대한 회피는 하지 않기 위하여, 직시를 할 것이다.

그래야만 했다.

그것이 목숨을 잃어간 당철중과 같은 자들에 대한 예의였으니까.

그날.

전장, 아니 한 편의 대량 자살극이 끝을 맺었다.

당가의 방계들이 전부 전멸하는 것으로. 방조에 대한 죗값으로 목숨을 잃는 것으로 모두 끝이 난 것이다.

겉으로 보기에는 치열하기만 한 전투였다. 자신이 가진 암기, 독을 날리는 데 한 점의 망설임도 없어 보일 정도였다.

'그럼에도……'

……우습게도 독인들 중에 부상당한 자는 전무하기만 하였다. 그것이 죽어가는 그들이 마지막까지 보인 성의였다.

*　　　*　　　*

아직 벌어지지 않은 일이지만 하나 확실한 것이 있다. 남 말하기 좋은 호사가들이 말할 것이다.

"당가가 처참하게 패배하였다."

"당가가 당하였다."

라고.

죽어간 그들이 직계가 아닌 방계임에도 상관이 없다. 그들이 어쩔 수 없이 내몰리게 된 것도 호사가에게는 중요하지 않을지도 몰랐다.

아니 그럴 것이 분명했다. 그들에게는 재미없는 진실보다는, 자극이 강한 사건이 훨씬 중요하였으니까.

그저 그들의 입을 두고 한번 방정을 떨 수 있을 정도면 충분하고도 남는 것이다.

'고귀하다면 고귀한 죽음이거늘……'

더럽게 치장이 될 거다. 명예는 떨어질 것이다. 한 줌의 웃음거리로 전락할지도 몰랐다.

그래서는 안 되는 일임에도 불구하고.

"참 우스운 말인데 말이죠."

"뭔가?"

"그들이 죽어갔음에…… 더욱 제가 이름을 올려야 할지도 모르겠네요."

"왜인가?"

호일운과 주변의 눈이 궁금증으로 가득 찬다. 그럼에도 설명을 해주어야 했다. 언제부턴가 이들은 자신과 함께하고 있으니까.

"그래야…… 오늘 죽은 사람들의 이름이 더럽혀지지 않을 테니까요."

"그런가…… 그럴지도 모르겠군. 그럴지도."

"죄를 지은 쪽은 그들이 아닌데, 먼저 죽음을 당한 자들은 방계라…… 핏줄이 이어지긴 했지만, 잔인하긴 하군요."

"하핫. 그게 무림이 아니겠는가. 여러 가지로 얽힌 곳이 무림이지."

"그럴지도요."

회한이 많은 날이다. 더는 회한에 어리지 않도록 각오를 세웠음에도 불구하고도 그러하다.

가만히 낮에 있던 전투를 생각하고 있으려니, 하운성이 빼먹었던 한 가지가 다시금 생각이 났다는 듯 물어 온다.

"그들이 건넨 것은 보았는가?"

"아직이요."

차마 그 무게감이 무거워 아직 펴보지를 못하였다. 금방 펴볼 것이라 생각을 했건만, 무슨 내용일지 몰라서다.

"뭐하고 있는가. 냉큼 읽어야 할 일이지 않은가? 흠…… 내가 어려운 것이라면 자리를 피해 주도록 하겠네."

그가 배려를 해 준다. 그도 내용이 궁금할 법도 하건만, 자리를 피하는 데 한 점 거리낌이 없었다.

"……이번은 부탁드리지요."

"하핫. 그래. 그럼 나는 잠시 나가 있도록 하지. 아미 장문님과 할 이야기도 있던 참이니."

"감사드립니다."

"무얼? 당연한 것을 함에도 감사할 것이 무엇이겠나. 다만…… 뭐…… 도인이라고 하기에도 어울리지 않는 나네만 한가지 부탁을 하자면 말일세."

"부탁입니까?"

"그래. 염치없지만 부탁 말고 뭘 하겠나? 명령을 할 것도 아니고. 하핫."

"무엇인지요?"

그가 못내 민망한지 얼굴을 긁적이며 말한다.

"뭐…… 가능하다면 자비를 베푸는 것도 좋지 않겠는가 하는 걸세. 비록 그 모든 게 독협 자네의 희생이라 할 수 있어도 말일세."

"……생각해 보지요."

또 자비인가.

앞으로의 모든 일을 직시하기로 마음을 먹었으나, 어떻게 해야 자비를 베풀 수 있는 것인지는 모르겠는 왕정이었다.

하운성이 자리를 비켜주고, 왕정이 가슴 어림에 있던 무게감 있는 서찰을 꺼내어 든다.

그 서찰에는, 이미 전에 한번 이름을 들었던 당가의 금지옥엽의 필체로 가득 찬 내용이 자리하고 있었다.

第四章

혼란은 더

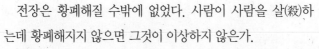

전장은 황폐해질 수밖에 없었다. 사람이 사람을 살(殺)하는데 황폐해지지 않으면 그것이 이상하지 않은가.

업이 쌓이니, 그 주변이 변화하게 되는 것은 당연하기만 한 일이다.

차라리 왕정이 벌이고 있는 당가에 대한 복수전이 더욱 작은 일일지도 몰랐다. 여러 정치적 이유로 많은 문파들이 나서지 않고 있기 때문이다.

하지만 사혈련과 무림맹이 벌이는 전장은 이야기가 달랐다.

수천 명이 서로 부딪치고, 그들이 한 번 부딪칠 때마다 나오는 사상자만 몇백이다.

게다가 사혈련에서는 자발적이 아닌, 강제적으로, 환경적으로 어쩔 수 없이 오는 자들이 더욱 많다.

하루에도 수백씩 살인이 일어나고, 업이 쌓이며, 은원이 만들어지고 있다.

그러니 땅이 황폐해지지 않고서야 어찌 버티랴.

전장에 닫힐 문이 있는 것도 아니니, 오늘이라고 해서 다르지는 않았다. 또 수많은 은원과 사상자가 함께 태어날 것이다.

그 전장 한가운데에, 어울리지 않게 화려한 복식을 한 인(人)과 마(馬)가 함께 오고 있었다.

금빛을 띤 황(皇)이라는 글자가 수놓아져 있는 깃으로 보아 달려오는 이가 어디 소속일지는 뻔하였다.

"황명이오!"

황실에서 보낸 자다.

"소문이 사실이었단 말인가."

그 화려함보다는 그들이 보낸 사람의 의미가 더욱 무거웠다. 다름 아닌 황실의 전령이 오는 것이니까.

그들이 오는 이유에 대한 소문을 이미 들은 바가 있기에 더더욱 그리 느끼고 있는 것일지도 몰랐다.

"예를 올리라!"

"천세. 천세. 천천세."

과례는 예가 아니라 하나, 황제에게 올리는 예는 과례여서 나쁠 것은 없었다.

굽혀지지 않을 것 같던 관언의 무릎이 굽혀지는 것을 필두로 하여, 그 자리에 있던 수많은 무인들이 전령을 향해 예를 올린다.

작금의 무림은 분열되어 있고, 황실의 힘은 약하지 않으니 더더욱 정중히 예를 올리는 것일지도 몰랐다.

전령은 자신이 황제라도 된 듯 고개를 끄덕임으로써 예를 받아들이고서는 황제가 명한 바를 읊기 시작했다.

"무림맹의 무사들은 들으라. 현 황제께서 중원을 어지럽히는 무리들이 있다는 것에 큰 초사(焦思)에 빠지사 그대들에게 명을 하오니……."

황실의 예에 맞춰 화려하게 붙어 있는 수식어들이 관언과 무림맹 무사들의 머리를 어지럽힐 즈음.

길고 길었던 전령의 말이 끝을 맺어 간다.

"……허니 무림맹 무사들은 황제 폐하의 뜻을 받들어, 녹림을 벌하는 데 손을 거들도록 하라."

"……신 관언, 각골난망(刻骨難忘)의 각오로 황제폐하의 명을 받드옵니다."

받아들인다 말을 하지만 어디 받아들이고픈 심정일까.

왜 아니 그러하겠는가?

조금만 더 시간이 있었더라면, 조금만 더 밀어붙일 수 있었더라면, 강서성에 사혈련의 세력을 밀어낼 수 있었거늘!

어찌 자신을 천자(天子)라 칭하는 황제가 대업을 막는다는 말인가.

이대로 강서를 차지했다면, 무림맹은 날라질 수 있었을지도 몰랐다. 관언과 뜻을 모은 자들이 새로이 무림맹을 정화해 낼 수 있었을지도 모른다.

강서를 차지한다는 공을 세우고서, 그것을 내세워 당가를 필두로 한 자들을 무너트릴 수 있었을지도 몰랐다.

그것은 왕정의 일과 상관없이 무림맹 내에서 이루어져야만 하는 정화였다.

그런데!

황제가 끼어듦으로써 대업이 미루어 졌다. 사파인 사혈련을 물리치는 것 또한 중원의 혼란을 잠재우는 일임이 분명함에도!

'……이대로 갈 수밖에 없다는 말인가.'

그들이 가진바 명분과 그 의미가 결코 무림맹의 뜻에 부합치 않는 일이 아님에도 외압에 의하여 부정당해 버렸다.

허나 그렇다 해서 어찌하겠는가. 그들로서는 황제의 명을 받들 수밖에 없었다.

"이럇!"

자신의 일을 전부 해낸 전령이 자신의 화려함을 그대로 가진 채로 다시금 물러난다.

전령이라면 적당히 환례를 받는 것이 관례이기는 하나, 전령도 눈치껏 먼저 물러나 준 것이다.

그만큼 무림맹의 분위기는 가히 좋지 못하였다.

예를 올렸던 그 자세 그대로 얼마나 더 있었던 것일까. 침묵만이 가득 채웠던 그곳에서 관언의 울림이 있었다.

"……채비를 하게나."

"명!"

호사가들은 말할 것이다.

무림맹.

관철성 관언이 이끌던 무사들이 강서성 어귀에서 물러나다.

관언을 막기 위해서 여러 차례 일전을 벌이던 조준의 부상을 시작으로 하여 밀리기만 하던 그들에게 한숨 틔울 여유가 생기게 되다.

그 기세가 맹렬한 사혈련 련주는 강서성에서 물러난 무림맹의 빈자리를 다시 채우는 것만으로는 그 분을 다 풀지 못할 것이 분명할 터.

녹림의 패악을 염려한다던 황실의 명은 무림, 나아가서는 중원에 있어 평온이 아닌 분란을 더욱 더해 주는 일일는지도 몰랐다.

*　　　*　　　*

사람이란 자신이 한 일이 공염불이 되었을 때 가장 실망하는 법이다.

이번 강소선 대전(大戰)에서 승리를 하다시피 한 무림맹이지만, 막상 물러나게 되면 얻을 수 있는 바가 없었다.

피는 흘릴 대로 흘리고, 강소성은 다시 사혈련의 손아귀에 넘어가게 되는 것이다.

굳이 위안을 삼을 수 있는 거리가 있다면 무림맹이 사혈련을 몰아붙였다는 것 정도일까?

허나 그것만으로는 사기가 떨어질 수밖에 없었다.

아무리 정의를 숭상한다 말하는 무림맹 무사들이지만 성과 뒤에 소정의 보상 정도는 해주어야 마땅한 것이다.

그게 세상 돌아가는 이치다.

해서 제갈운은 조심스레 관언에게 의견을 개진하였다.

"이왕 움직인다면, 대대적으로 무사들에게 선전하여 그 기세를 고취시키는 것도 좋지 않겠습니까?"

제갈운은 이번 강소성 전투로, 관언의 무위를 봐서인지 전에 없이 관언에게 정중하기만 했다.

관언이 이번 전투로 얻은 것이 있다면 제갈운의 마음을 어느 정도 샀다는 것이 득이라면 득이리라.

제갈운의 물음에 관언 또한 그 의견을 받아들이며 묻는다.

"흐음…… 어떤 식으로 말인가?"

"무림맹이 녹림을 처단하기 위해 나선다. 녹림을 처단하면, 무림맹의 명성도 크게 올라갈 터. 무림맹이 크게 이름을 날릴 수 있는 기회다라는 식이겠지요."

"단순하구려. 무림맹에 공이 전부 가는 듯도 하지 않겠는가?"

"본디 이러한 일은 단순한 것이 좋은 법이지요."

"그러한가?"

"당연한 겁니다. 무림맹의 명성이 올라가게 되면 그에 속한 무사들도 명성이 올라간다는 것이 중요한 것 아니겠습니까?"

"흐음……."

무언가 시큰둥해 보이는 관언이다. 아니, 불만이 조금 엿보이기도 하였다.

"마음에 안 드시는 겁니까?"

"……솔직히 그러하네. 내가 무림맹의 하급 무사이던 시절에는…… 상부에서 하는 이야기가 크게 먹혀들기는 했네. 무림맹의 명성이 올라가면 나의 명성 또한 올라가는 줄로만 알았지. 하핫."

"그랬습니까?"

"그래. 그때는 그러했네."

무림맹 무사들에게 선설과도 같은 관언이다.

낮은 직책의 무사에서부터 무림맹의 수뇌가 되기까지 끊임없이 두각을 내보였던 그인 것이다.

괜히 전귀가 아닌 것이다.

그렇기에 무림맹 무사들도 선봉에선 그를 믿고, 전투에서 사혈련 무사들을 몰아붙이는 기염을 토할 수 있지 않았던가.

존재만으로도 사기를 고취시킬 수 있는 자. 언제나 선봉에서 지휘를 하는 선봉자가 그인 것이다.

그 자체가 전설이다.

그러니 고래부터 이름이 드높은 제갈가의 마음을 얻어 낼수도 있는 것일 게다.

"하지만 지금에 와서는 그 모든 게 허명인 것을 알겠더군. 무림맹의 명성은 무림맹의 명성일 따름이지. 그러니, 우리가할 일은 무사들을 속이는 것이 아닌가?"

"솔직히 그렇습니다. 아니라고 말할 수가 없지요."

확실한 인정이다.

"그런데도 그런 일을 해야 한다는 것인가?"

"하지 않을 수도 없으니 어쩔 수가 없음이지요. 지금에 와서 사기가 낮아지게 되면 되려 피해가 더욱 커질 수 있는 것이 명약관화(明若觀火)하니 말입니다."

"휴우……."

결국은 무사들을 속이더라도 사기는 올려야 한다는 말이었다. 제갈운의 말도 전혀 틀린 바가 없는 것은 아니기에 그 말을 반박하기 어려웠다.

자신이 마음에 들어 하지 않던 일을 이제 와서는 자신이 직접 해야 하다니. 세상 참 얄궂지 않은가.

관언으로서는 마음에 들지 않는 행위다. 하지만.

"할 수밖에 없는 일이로군……."

"그렇습니다. 황궁이라는 갑작스러운 변수가 있었으니, 어쩔 수 없음이지요."

"허허. 얄궂군. 얄궂어. 자리를 마련해 주게나. 내 직접 하는 것이 좋지 않겠는가?"

"그래 주시겠습니까? 무리시라면…… 제가 따로 자리를 마련하여……."

관언이 한다면 그만한 선전효과도 없을 것이다.

허나 어린아이든 다 큰 어른이든 하기 싫은 일은 하기 싫은 일이 아닌가.

피할 수 있다면 피하고 싶은 것이 인지상정이잖은가.

"아니네. 무림맹을 이끌고자 나섰으니, 끝까지 책임을 지는 것이 맞겠지. 내 직접 할 것이네."

"조속히 자리를 마련하겠습니다."

끝까지 책임지는 책임감. 지도자다운 꼿꼿함이었다. 관언, 그다웠다.

'이러니 주변이 감화되는 것이겠지. 이런 사람이 왜 여태껏 맹주의 그늘 아래에만 있었는지…….'

관언의 일장연설 후, 무림맹의 무사들이 녹림을 치기 시작을 했다.

모든 일이 하나의 선으로 길게 이어져 있듯, 무림맹 무사들의 변화는 다른 이들에게도 이어지는 터.

무림맹의 녹림 진격 소식을 들은 정의방의 방원들은 변화된 시국에 발을 맞추어 움직일 필요를 느끼게 되었다.

"하…… 이거 때로는 무섭기까지 하군요."

정우가 제갈혜미를 바라보며 질렸다는 표정을 지었다. 그런 그의 표정에도 그녀는 여전히 생글생글 웃고 있는 상황이었다.

"후후. 무엇이 무서운 건가요?"

"소저의 예상대로 거의 모든 것이 돌아가고 있지 않습니까."

"황궁이 움직이기 시작했는데 무림맹이 그리 움직일 수밖에 없기는 하잖아요?"

"그렇다 해도 시기마저 거의 맞추시지 않았습니까? 휴우……."

오대세가의 일원인 그녀다. 필요에 따라서 오대세가에 협조를 요청하기도 하고, 정보를 얻어 듣기도 한다.

여기까지는 당연하다시피 한 이야기다.

하지만 그녀는 한발 더 앞서 나갔다. 단순히 정보를 듣는 게 그녀에게 끝이 아니었다.

그녀는 정보를 취합하여 앞을 내다보았다. 선견(先見)을 하고 있다는 소리다.

'괴물이 따로 있는 게 아니었어. 휴우. 왕정 주변은 죄다 괴물뿐이군.'

다 함께 듣는 정보이건만, 누구는 앞을 내다보고 또 누구는 바로 앞도 보지 못하는 상황이다.

그러니 정우가 질려 할 수밖에 없지 않겠는가?

"누구나 다 할 수 있을 예상이었습니다. 음…… 그래도 아쉽기는 하군요."

"뭐가 아쉬우신 겁니까?"

"저희 식대로 조금만 더 움직일 수 있었더라면 결국에는 녹림 통합을 확실히 막아낼 수 있었을지도 모릅니다."

"……어렵지 않았겠습니까?"

정의방 사람들이 자신들의 신념에 따라 몸을 아끼지 않고 움직인다지만 이 또한 한계가 있다.

수가 천도 안 되는 정의방이다. 아주 적은 수는 아니지만 녹림을 상내로 하자면 많은 수는 아니다.

그러니 숫자에서 오는 한계가 있는 것이다.

"아뇨. 가능해요. 오대세가에서의 협조. 개방의 정보. 그리고 계속해서 실력이 오르고 있는 정의방 무사들이라면요."

그럼에도 그녀는 자신만만한 표정으로 단언을 했다.

"그 정도입니까? 흐음…… 저는 솔직히 아무리 저희 방의 사람들이 뜻은 드높더라도 현실에 부딪칠 수도 있을 거라 생각했습니다만은…… 그게 현실 아니겠습니까?"

"그렇게 생각하실 수도 있겠지요. 후후. 하지만 말이죠. 제가 그분에게서 배운 게 있다면요."

"배운 것 말씀이십니까? 그 녀석에게 응용 말고 배운 게 또 있었던 겁니까? 흐음."

"예. 아주 유치한 말이 될지도 모르겠지만…… 결국 한계란 자신이 정한 거라는 말이지요."

"한계란…… 겁니까?"

가벼운 말이다. 유치할 수도 있는 말. 하지만 그녀가 하는 말이기에 무언가 전해지는 바가 있는 듯하였다.

"어느 날 이렇게 말씀하시더군요. 배경이 문제여서, 환경이 문제여서, 무공이 문제여서 포기부터 하고 본다구요."

"그게 현실 아닙니까?"

"예. 현실이기는 하죠. 하지만 그 현실 내에서 얼마나 노력을 하였냐는 것이 문제라 하더군요. 이런저런 핑계로 안일하게 살아가는 것이 아니냐구요."

"흐…… 어찌 보면 공상가의 말인 듯도 합니다만은…… 그 괴물이 한 말이니 설득력이 있기는 하군요."

"그분은 배경도, 환경도 별로였으니까요. 음…… 그래도 무공은 뛰어났죠. 아무리 봐도요."

무공을 익히는 데 있어서 왕정의 환경은 절대 좋은 환경은 아니었다. 그럼에도 그의 무공은 상식을 뛰어넘을 정도로 강했다. 산채 하나를 전멸시키거나, 홀로 독지를 만들어내는 괴업을 해내기도 하지 않았던가.

운이 따라줬다는 것을 배제할 수는 없겠지만, 몸으로 뛰면 부수적인 것들이야 해결해 낼 수 있다는 것을 보여준 산증인이 왕정이었다.

"……그래도 역시 어쨌거나 결론은 놈은 괴물이란 거 아니겠습니까? 거기에 제갈 소저도……."

"후후. 마음대로 생각하시지요. 그리고 지금 중요한 것은 그게 아니지 않겠습니까?"

무림맹이 녹림을 치기 위해 움직이는 것. 사혈련이 그 빈자리를 노릴 것이 예상되는 것. 녹림과 무림맹의 전투가 예정된 것.

그것들 말고도 중요한 일이 있었던 것인가?

정우가 전혀 이해를 하지 못하고 있는 가운데, 침묵 속에 함께하고 있던 이화는 이미 눈치를 챈 듯했다.

"……벌."

"후후. 그럼요. 독곡에 가서서 대체 무슨 재주로 여인과 함께 하고 있는 걸까요?"

역시 여자 문제였던가.

'……명복이나 빌어야겠군.'

정우를 필두 로하여 녹림을 상대하던 정의방 무사들이 철수를 하게 되었다.

그리고 벌을…… 주기 위해서 왕정이 있을 사천성을 향해 머리를 틀었다.

*   *   *

고풍스러움으로만 기억이 되던 사천 당가는 어디로 갔는가.

세월의 힘을 보여주던 사천제일당가라는 현판은 언제부터인가 폐쇄와 불통의 상징이 되어 있었다.

아미를 무시하였으며, 자신들을 위해 죽어나간 방계를 위한 장례 또한 없었다.

그들을 돕고자 나선 무사들에 대한 예우 또한 없었을 정도였다. 오롯이 자신들의 안위만을 신경을 쓴다는 듯 닫혀 있기만 한 문이었다.

얼마 전까지만 하더라도, 사천 최고의 문파라 자부하던 그들이건만 지금은 폐허가 된 듯 그 주변이 조용하기만 했다.

당가와 척을 지지 않기 위해, 혹은 친분이라도 나누기 위하여 쉼 없는 발길로 드나들던 자들 하나 없다.

쥐새끼 하나 보이지 않을 정도다.

처참할 수밖에 없는 상황이다. 그럼에도 당가의 문지기들의 표정은 굳건하기만 하였다.

자신들의 할 일만을 하면 다 된다는 듯, 앞으로에 대한 걱정도, 아무도 오가지 않은 것에 대한 불안도 없는 듯했다.

다른 이들은 등을 돌리고, 손가락질을 하더라도 그들만큼은 당가를 믿고 따를 기세였다.

사천 다른 이들을 전부 떠나서라도, 저들 직계들에게는 아직까지 확고한 믿음을 심어주고 있는 것이다.

그들의 정문에 행차를 하는 몇몇의 인형이 있었다.

아미의 장문 앞에서도 꼿꼿하기만 하던 문지기들의 표정이 급변하였다. 반가움을 잔뜩 내포하고 있는 표정이었다.

그들이 이미 알고 있는 이가 분명했다.

"도련님! 오셨습니까? 오신다고 기별을 넣으셨더라면 채비를 하고 있었을 것을⋯⋯ 송구하옵니다."

정중하였으며, 존경이 담겨 있었다.

대체 당가의 가주 당기전은 어떤 방식을 사용하였기에 이리도 대단한 충성심을 받을 수 있었던 것일까?

문지기의 존경을 자연스럽게 받아들이며 당이운이 물었다.

"꽤나 한가하군?"

"성도 앞, 패배가 있고 나서부터 쥐새끼 하나 보이지 않고 있습니다. 일희일비하는 것이겠지요."

많은 이들이 자신들로부터 등을 돌렸다고는 생각지 않는 것일까?

"큭. 일희일비라. 그 말만큼 맞아떨어지는 것도 없군. 흐⋯⋯ 부나방 같은 것들이 사라지니 시원하기만 하구만."

"그럼은요. 엇. 가주님도 오시는 듯싶습니다."

"호오⋯⋯."

아버님이 직접 오는 것이던가?

인중독을 성공하였으니? 역시 자신의 아버지는 상벌에 있어서만큼은 확실하기만 한 사람이었다.

"왔느냐? 생각보다 오래 걸리기는 하였구나."

"대신에 확실한 준비를 하였지요. 하핫."

"허허. 자신만만한 모습이 좋구나. 자세한 이야기는 안에 들어가 하자꾸나."

"예!"

당가주가 당이운의 어깨에 팔을 들어 올린다.

당이운을 바라보는 그의 표정에는 그동안의 잔인함은 절로 사라지기라도 한 듯 자애롭기만 하였다.

당철중에게 보여주던 그 잔혹함은 다른 이의 허상인가 싶을 정도의 자애로움이었다.

"역시 가주님이시로군⋯⋯."

가주의 본모습은 보지 못한 채로 가증스러운 그 모습을 보며, 존경심을 무럭무럭 키우고 있는 문지기들.

웃기기만 한 촌극을 그려가며 안으로 들어서는 둘이었다.

자애롭던 표정은 가주실로 들어설 때부터 지워진 지 오래였다. 그것을 바라보는 당이운도 당연하다는 듯한 표정이었다.

그들이 보인 연기는 불안에 떨 수도 있는 직계들을 안심시키기 위함이었으니, 그들 입장에선 당연했다.

"생각 이상으로 상황이 좋지 못하다."

당기전은 불리한 상황을 설명함에도 여전히 당당했다.

"청성이 생각 이상으로 못해 주었습니까? 많은 무사들을 지원해주었을 텐데요?"

"청성은 화웅 진인이 죽는 것으로 결착을 지었다 생각을 하는 듯하더군."

"어리석군요. 그들이 하는 짓을 보고 있노라면, 후(後)에 어떤 대가를 치를지 전혀 모르는 듯하군요."

자신이 가주가 되고 나서도 청성의 일을 기억을 하겠다는 태도다. 후대에까지 일을 끌고 가다니, 추잡스러운 생각이 아니던가?

그게 당연하다는 듯 당가주도 고개를 끄덕이며 말을 이어 나갔다.

"그것은 장래에 네가 할 일이 되겠지."

"예. 분명 그렇게 되겠지요. 방계들도 제 힘을 쓰지 못했답니까?"

"크흠…… 괘씸한 짓을 하더구나."

"괘씸한 짓을 말입니까? 그들이?"

언제나 그들의 수족이 되어준 자들이 방계다.

당가의 이름을 걸고 하지 못하던 일, 명예롭지 못하던 일들도 해주던 이들이 그들이다. 그들은 당가의 한 축이며 충견.

그런 자들이 괘씸한 짓을 했다고?

"도망이라도 쳤답니까? 흠…… 그들의 성격으로 그럴 리는 없을 터인데. 대체 무슨 일입니까?"

"모두 죽었다. 그놈을 상대로 하다가 전부 전멸당했지."

"죽었다라…… 그럼 괘씸할 일을 할 수도 없잖습니까?"

죽으면 무슨 소용인가. 죽어서야 모든 것이 끝이다. 그럼에도 괘씸한 일을 했다 할 수 있는 것이 뭐가 있을까?

당이운의 말에 당기전이 목소리를 높인다. 아들의 짧은 생각에 습관처럼 분노하는 것이다.

"허어! 허튼소리! 죽음이 끝이 아님을 알잖으냐? 놈들은 자신들의 목숨을 제물 삼아 구걸을 한 것이 분명하다."

"구걸 말입니까?"

"그래! 성도를 떠나기 전날 밤. 혜미를 만났더구나. 결전 전에는 그놈과 무언가 대화를 나누기까지 했다더군. 그림이 그려지지 않느냐?"

"흠……."

당가주는 무슨 수를 쓴 것인지는 몰라도, 왕정과 당철중이 했던 모든 일에 대해서 이미 파악을 하고 있는 듯했다.

방계를 보냄과 동시에 따로 정보망을 가동시킨 것이 분명하였다. 자식조차 믿지 못하는 그다웠다.

"거래라도 요청했나 보군요."

"그럴 수도, 아닐 수도 있겠지. 어찌 되었든 중요한 것은 수작을 부렸다는 것 아니겠느냐?"

"확실히 그렇군요. 우선 당혜미는 어찌 되었습니까?"

언제나 두 부자가 하는 일에 반대표를 던지고는 하는 당혜미다.

여아로 태어나 권력에 욕심이 없는 덕분인지, 권력욕 자체는 보이지 않으나 타고난 재능이 뛰어난 아이였다.

그 아이가 당철중과 일을 꾸몄더라면 꽤나 복잡한 상황이 그려질지도 몰랐다.

평시라면 모를까, 왕정과 부딪쳐야 하는 상황에서라면 내부에 잡음이 그려져서야 좋은 일은 아닌 터.

일을 꾸밀 당혜미부터 제압을 할 필요가 있다 여기는 당이운이었다.

'아예 유폐를 시켜야 할지도.'

헌데 당가주의 대답은 그의 기대와는 전혀 다른 대답이었다.

"그대로 두었다."

"예?"

"그대로 두었다고 했다."

"무슨 이유입니까?"

"아직은 아니다. 차라리 그냥 두는 것이 이득이었다. 방계가 아닌 직계도 적당히 추릴 필요가 있지 않겠느냐?"

"호오…… 묘수로군요."

당혜미가 움직이게 되면, 당가주에게 반하고 있는 이들이 움직이는 것 또한 당연한 수순인 터.

그들을 일망타진하게 되면 당가 내에서 당가주를 반하는 자들은 없게 될 것이다. 당가주는 그것을 노리겠다 하는 것이다.

딸을 이용하여 모략질을 하는 것을 보고 있노라면, 그의 잔혹한 성미를 알만 하였다.

"너는 내부가 아니라 그 찢어죽일 놈만 신경 쓰면 된다."

"하핫. 걱정할 것이 있겠습니까?"

"물론. 인중독이 있으니, 네가 질 것이라고는 여기지 않는다. 다만, 적당한 무대는 꾸며져야 하겠지."

"흐음…… 바로 맞붙는 것이 좋지 않겠습니까?"

"비수를 일찍 드러낼 필요는 없겠지. 당가사혈주 모두를 네게 내주마. 좋은 무대가 되겠지. 너는 마무리만 해주면 될 일이다."

지금껏 왕정을 상대로 당가의 직계들을 제대로 동원한 바는 거의 없는 일이었다.

쓸데없는 방계들보다는 그들을 더욱 믿음직스럽다고 여기는 부자였다.

"호오…… 그들이라면야 믿을 만하지요. 확실히 해 줄 겁니다."

"그래. 네가 선봉에서 마무리를 한다면 이번 일을 기회로 당가는 후대에도 네 이름과 함께 사천 제일 문파가 될 것이 분명하지 않겠느냐? 지금껏 실패를 했다지만, 그들이라면……."

"아무렴요! 제가 꼭 그리 되게 만들 것입니다! 제가요!"

왕정을 이겨만 낸다면! 독곡의 무사들을 물리치는 선봉에 당이운이 있다고 한다면?

당가주의 말대로 이번 대가 아닌 다음 대에도 당가는 사천 제일 문파가 될지도 몰랐다. 아니 그 이상도 가능할 것이다.

당가주는 거기까지 보고 있는 듯했다.

"허허. 좋은 패기로구나. 좋아!"

"기대에 부흥하도록 하겠습니다."

과연 그들의 생각대로 모든 일이 될는지. 알지 못할 상황 가운데에서 여전히 야심만을 불태우는 부자였다.

第五章

그들과 조우하다

한 떨기 꽃과도 같은 그녀가 떨고 있었다.

여느 사내라면 못내 가슴이 흔들릴 법한 아름다운 광경.

하지만 그 광경을 만들어 낸 주인공은 꽃 같은 그녀에게 흠모의 시선을 건네기는커녕, 되려 질책을 하고 있었다.

"당가와 그들의 결전도 결국 이루어지게 되는군? 생각 이상으로 피해를 키우지 못하였어."

"……죄송합니다. 사형."

"사형. 사형이라……."

사형이라는 말을 음미해 보는 사내다. 그녀의 사형이라는 말이 그에게는 무언가 의미가 있는 듯하였다.

"그렇지. 이 내가 사형이었지. 하핫."

"……"

그녀가 오직 침묵만을 유지하고 있는 것을 보고 있노라면 그들 사이에서도 무슨 사연이 있는 것이 분명하였다.

"그래. 사형으로서 일하나 봐주지 못하여 어찌 사형이란 소리를 들을까."

사내의 말에 그녀의 숙여졌던 고개가 올라간다. 사내의 말에 희망을 본 덕분이다.

"이번 일은 내 마지막 정으로 처리를 해주지. 네 계획대로 그것들을 투입하면 시선이야 그리로 쏠릴 테니까."

"……감사합니다."

"되었다. 네가 감사하다 말해서 진심이 담겨 있겠느냐. 다만 제대로 만들어지지 않은 것들로 벌이는 것이니 네가 열심히 움직여야 할 것이다."

"그 정도는 각오하고 있습니다."

"그게 아니란 걸 알지 않느냐? 많은 이들이 널 주시하고 있다. 여기서 네가 이런 식으로 섣불리 움직이게 되면…… 그 뒤는 알잖으냐?"

여인을 주시하고 있던 많은 자들이 꼬리를 밟을 것이 분명하였다. 지금까지 조심하였던 그 모든 것이 수포로 돌아갈 것이다.

본디 이러한 일의 성격이 그러한 것이니까.

그리 된다면, 그들은 그녀를 버릴 것이다. 대업을 이루기 직전에 꼬리가 밟혀서야 좋을 것이 없을 테니까.

사내도 여인도 그것을 알고 있었다. 바보 천치가 아닌 이상에야 모를 리가 없었다.

"……그것도 각오하고 있습니다."

"그래. 결국 최종의 책임은 자신이 지는 것이 맞는 것이겠지. 먼저 움직이마."

"멀리는 가지 않겠습니다."

여인의 모습을 담으려는 듯 사내가 한참을 두고 그녀를 바라본다. 그러고는 이내.

"……다음번에는 이런 모습으로 보지 않았으면 좋겠구나, 설아."

어렸을 적, 몇 번 불러 주지도 않던 애칭을 불러 주고는 본래부터 없었던 사람인 것처럼 사라졌다.

그가 남긴 마지막 채취라도 느껴보려 하는 것일까. 그녀 또한 그가 떠난 자리를 멀거니 바라본다.

"설아라고 하기에는…… 이미 늦어버린 것 같네요."

처연한 표정이었다. 가능만 하다면 어렸을 적 아무것도 모르던 순수한 시절로 돌아가고 싶은 그런 모습이기도 했다.

허나 지금은 그런 감상을 하고만 있기에는 너무 늦었다.

그녀가 다시 세상을 모두 비웃는 듯한 냉소적인 표정으로 돌아가서는 명했다.

"여봐라! 상감부터 시작하여, 가능한 모든 관리들을 은밀히 모셔 오거라."

"명!"

다시 지금의 그녀로 돌아온 것이다. 북경에 처음 혈회를 일으켰던 그녀. 가시를 가졌던 그녀로.

　　　　*　　　*　　　*

지금껏 정면 대결을 피하기만 했던 당가다. 그들의 기세답지 않았으며, 또한 그들의 성격답지 않은 모습이다.

문전성시를 이루던 당가가 조용해질 정도로 그러한 모습에 실망한 자들이 상당수이지 않은가.

많이 늦은 감이 있지만 지금에라도 그들의 기세를 보여야할 필요가 있었다.

'과정이 중요한 게 아니다. 결과가 중요한 것이지. 승자만을 기억하는 것이 강호니까.'

과정은 아무런 상관이 없다. 식객을 동원했든, 방계를 버렸든 뭐든 상관없다 생각하는 당이운이었다.

이기면 된다.

그게 그가 그동안 받은 교육이다.

그렇기에 그는 지금까지 있어 왔던, 많은 희생들을 이미 잊은 지 오래였다. 그가 인중독을 얻기까지 희생된 사람들까지도 모두 그의 안중에는 없었다.

오직 그에게 올 그. 성공가도를 달리는 그에게 수치만을 안겨준 왕정만이 그의 머리를 가득 채우고 있을 따름이다.

목표 외에 다른 것은 신경 쓰지 않는다. 그게 그의 방식이 된 것이다.

"이대로라면 성도에 무혈입성을 하게 되겠군?"

"그렇습니다."

"흐음…… 아무리 상황이 이렇다 해도 성도 내에 발을 들이게 할 수는 없지. 그렇지 않은가?"

"예."

성도는 그들의 심장부나 다름없다. 심장부를 내주는 문파는 그 어디에도 없다. 이는 당가도 마찬가지.

당가로서도 더 물러날 곳이 없는 것이다.

"연통을 넣게나."

"무어라 넣습니까?"

"오래전 그날처럼 미리 장소를 마련했다고 하면 충분할 것이다."

당가의 사람들이 미리 기다리고 있겠다는 뜻이다.

시간은 곧 준비이고, 준비는 곧 지금 같은 상황에선 함정이 되기도 하니 대놓고 함정을 파 놓겠다는 뜻.

과연 왕정이 당이운의 말을 받아들일까?

"괜찮겠습니까? 오만하기보다는 실리를 추구하는 놈입니다. 바로 성도로 직격해 올지도 모를 놈입니다."

"하핫. 그놈이 혼자라면 그리하겠지. 진이었다면 그리할 테고. 하지만 아니다. 그들은 우리 이상으로 우리와 맞붙고 싶을 것이다. 이미 많은 시간을 할애하였으니까. 그들도 어서 끝을 내고 싶을 것이다."

"으음……."

"믿거라. 그들이 우리를 무시하고 오지 않으면 그건 그거대로 유리하게 판을 짤 수 있게 되니까."

말은 하대를 하나, 상대는 당가사혈주 중 수위를 다투는 자이기도 했다. 무시할 자가 아니라는 소리다.

그러니 당이운으로서도 설득을 하는 것이다.

"그리 말씀하신다면 바로 연통을 넣도록 하겠습니다."

"부탁하지. 그럼 모두 후안골로 가도록 가지."

"후안골인 겁니까?"

"그래. 모두 준비가 되어 있으니! 그곳이면 되네."

자신만만한 걸음이었다. 오랜 시간 끝에 둘이 마주할 시간이 얼마 남지 않았다.

＊　　　＊　　　＊

"갈 텐가?"

"예."

"흐음…… 이런 말을 하기는 그렇지만 함정임이 뻔하지 않은가?"

천하의 하운성도 걱정을 할 정도다.

왕정과 당가의 충돌을 보면서, 당가를 단순히 정파라고만은 보지 않는 하운성이다. 그렇기에 더더욱 걱정을 했다.

정파답지 않은 문파. 그런 곳이 미리 기다리고 있었다면야 너무도 뻔했으니까.

"하핫. 뻔해도 너무 뻔하지요. 예나 지금이나 너무도 뻔해서 웃음이 다 나올 정도입니다."

"그런데도 갈 생각인가?"

"예. 보시죠. 독곡의 사람들은 이미 몸이 달아오를 대로 달아 있습니다."

왕정의 말에 하운성이 주변을 돌아본다. 그러나 왕정의 말과는 달리 그들의 표정은 달아올라 있지 않았다.

'착각인가? 아아. 아니군.'

표정은 평온하였으나 기세가 달랐다.

그들의 모습은, 자신이 왕정과 일전을 벌이기 전의 모습. 그것과 전혀 다르지 않았다.

평온한 표정 뒤에 가려진 그들의 진정한 모습은, 평온이 아니라 전의를 불태우고 있는 모습인 것이다.

"너무 오래 끌었습니다. 또한 더 끌 이유도 없지요."

"그래도…… 미리 준비한 곳에 간다는 것은 호랑이 굴에 제 발로 들어가는 것과 다르지 않잖은가?"

"제가 누구입니까? 사냥꾼 출신입니다. 무공도 익혔는데 그깟 호랑이 정도 쉽게 잡아야지요. 후후."

질 생각은 전혀 없다는 듯, 자신감 하나로 가득 차 있는 왕정이다.

방계를 죽일 때도, 당가와 청성에서 동원된 무사들을 제압할 때도 보이지 않던 활발한 모습이기도 했다.

"목표가 명확합니다. 지금까지와 다르게 죽일 이유가 있는 자들이지요. 그거면 충분하지 않겠습니까?"

"……자네는 도무지 종잡을 수가 없군."

"가야 할 이유가 있으니까요."

"그 연통 때문인가?"

"후후. 예."

묘한 웃음을 지은 채로 왕정 또한 움직인다. 후안골을 향하여.

        *   *   *

후안골.

성도에 가까우나 전혀 번성치 못한 곳이다.

골짜기라는 명칭이 애매할 정도로 산세가 복잡한 것도 이유겠으나, 그 주변을 당가가 전부 사들인 것이 가장 큰 이유였다.

사람이 모이고 번성을 하려면 기본적인 것을 갖추어야 할 터인데, 그 자체를 예로부터 당가가 막았으니 발전할 수가 없는 것이다.

이곳을 전부 매입한 당가는 그 뒤로는 이곳에 대한 정보는 일절 흘리지 않은 채로 금지로 지정을 했다.

덕분에 여러 소문이 돌았다.

당가에서 죄인을 가두는 곳이라는 소리나, 희귀한 독이 후안골에서만 나온다는 소문 같은 것이 심심찮게 나오곤 했다.

그 소문들이 잊을 만하면 나오는 곳이니, 성도 사람들에게는 호기심과 함께 금지(禁地)라는 두려움을 함께 주는 곳이 바로 후안골이다.

"여긴가……."

그곳에 왕정 이하 독인들이 전부 들어섰다.

아미파의 여승들과 점창의 하운성은 그 뒤로 머물러 있을 뿐이었다.

당가와 독인들 사이의 결과가 어찌 되든 결자해지는 왕정과 독인들이 하라는 무언의 표시다.

그들다운 무인의로서의 예이기도 했다.

왕정은 그들에게 감사함의 표시로 고개를 끄넉이고는 점차 안으로 들어섰다.

다른 독곡의 사람들 또한 그동안에 정이라도 쌓은 것인지 작게 고개를 한 번씩 숙이고는 왕정의 뒤를 따라갔다.

"무운을 비네!"

그렇게 그들은 잠시 동안 떨어졌다.

몇 보나 걸어 들어갔을까. 생각 이상으로 깊은 골짜기를 들어온 지가 벌써 반 식경 정도는 됐다.

벌레 하나 울지 않는 조용한 적막을 깬 것은 왕정이었다.

"뻔할 것은 알았지만, 노골적이군요."

"독인가? 흐음…… 독이 느껴지지는 않네만."

그는 집중을 하는 듯 얇은 눈을 하고는 주변을 바라보고 있었다. 무언가 눈치를 챈 듯하였다.

"독곡의 사람들에게 처음부터 독을 쓸 생각은 없는가 봅니다. 대신에…… 함정은 충분하군요."

"진인가?"

"그도 아닙니다. 흐음…… 우습게 보는 건지 어쩐 건지, 아니죠. 원래 당가는 독 다음으로 유명한 것이 암기였으니…… 저런 함정도 이해는 가는군요."

드디어 당가다운 모습을 보여주기는 하는 것인가?

사냥꾼 출신에 무인이 되어 강해진 기감으로 느껴지는 것을 보아하니, 함정은 확실했다.

'재밌네.'

별거 아닌 듯 말하기는 했지만 그가 함정을 파던 경험이 없다거나, 기감이 조금이나마 낮았더라면 놓칠 만한 그런 함정들이었다.

"방법은 둘이겠군요. 강행돌파 혹은 피하기. 뭐가 편하시겠습니까?"

"하핫. 역시 하나밖에 없잖은가?"

사람들의 눈치를 보아하니 뻔했다.

호일운은 벌써부터 흥분이라도 한 것인지 기세 좋게 기운을 끌어올리기까지 하고 있었다.

'역시 독곡 사람들답다니까.'

효율성을 따지는 자신의 성격대로라면 이런 강행돌파는 성격에 맞지 않았다.

하지만 어찌하겠는가?

이미 같이하기로 한 자들이 이런 성격인 것을. 이럴 때는 함께 돌파하는 것이 나았다.

"그렇다면 가죠."

"……아주 산산이 깨주는 겁니다."

파아앙!

외공을 익힌 호일운에게로 당가의 주 암기 중 하나인 삼접 사가 달려든다.

허나 그의 두툼기만 한 외막을 뚫는 것은 무리였는지 폭음을 끝으로 그에게 아무런 생채기조차 입히지 못하고 있었다.

그게 시작이었다.

독막의 사람들은 독륜이 본디 가진 신체라도 되는 듯, 자신의 주변으로 끊임없이 움직이면서 적들의 암기를 막아내고 있었다.

본디 암기가 아닌, 방어구라도 되는 듯한 모습이었다.

[제 독구랑 방식이 비슷하군요.]

—무공의 원류가 같으니 비슷할 수밖에, 그나저나 기교는 참으로 많이 발전했구나.

"하아압!"

일독지문의 무사들은 근래에 연독기공 덕분에 강해진 무위를 뽐내기라도 하듯, 독기를 잔뜩 방출하며 전진해 나갈 뿐이었다.

상황 자체를 어렵사리 버텨내고 있는 이는 일행 중 단 하나.

"하핫. 이거 나 좀 도와주시오!"

"그러도록 하죠."

예상외로 넉살 좋은 모습으로 왕정에게 도움을 청하고 있는 사혼방주의 제자 진자운뿐이었다.

사혼방에서 단 한 명을 보낸 진자운은 대체 무슨 능력을 가진 것인지는 몰라도, 때때로 이런 허술한 모습을 보이고는 했다.

그럼에도 여러 전투에서 한 사람의 몫을 때때로 해내는 것을 보면 보이지 않는 어떤 재주가 있는 것은 분명했다.

'비장의 수가 있기는 할 터인데. 신기하단 말이지.'

무위가 높기 이전, 오직 응용으로 살아남았던 왕정으로선 그의 그런 모습에 꽤나 호기심이 가는 상황이었다.

허나 지금은 호기심을 해결하기보다는 당장 눈앞의 당가부터 처리해야 할 때가 아니던가.

소리 없는 당가의 공격을 막으며, 왕정의 일행이 점차 앞으로 전진하고 있었다.

당기운.

그는 시간이 지날수록 광기가 더해지는 것인지, 그 시뻘건

눈이 점차 짙어져 가고 있었다.

인중독이 주는 어떤 부작용 때문인 듯한데, 사혈대의 대주들은 미리 들은 바가 있는지 다들 내색은 않고 있었다.

그저 자연스레 그의 옆에 자리하고 있을 뿐이었다.

침묵.

그것만이 자신들에게 허락된 것이라는 듯 오직 자리만을 지키고 있었을 때.

매우 은밀한 몸짓으로 그들 사이에 모습을 드러내는 자가 있었다. 그 또한 독에 의해 무슨 후유증을 입었는지 얼굴에 지독한 흉터가 있었다.

당이운은 그를 기다리고 있었다는 듯, 날뛰려는 자신의 광기를 다잡으며 물었다.

"어떤가?"

"깨끗하게 돌파당하고 있습니다. 성과라고 해보아야 부상자 몇 정도가 생긴 정도입니다."

"흐음. 그렇겠지."

당가에서 애써 준비한 함정들이지 않은가. 때때로 진도 설치가 되어 있었을 정도였다.

이번 전투가 아니더라도 아주 오래전부터 준비된 것들이 있는 것 또한 알고 있는 당이운이다.

다른 이들에게는 금지로만 알려진 후안골이지만, 당가의

사람들에게는 최후의 방어선이나 다름없는 곳이 후안골인 것이다.

그런 후안골이 돌파당하고 있음에도 당이운의 광기와 묘한 평정심은 무너지지 않고 있었다.

그도 성장이라는 것을 하는 건지, 쉽사리 평정심을 잃곤 하던 전과는 다른 모습이다.

"달리 조치를 취하지 않아도 되겠습니까? 부상자의 뒤를 치는 것 정도는 쉽게 할 수 있습니다."

"됐다. 어차피 결판은 이곳에서 나지 않겠는가?"

"그래도……."

"후일을 대비하여 만든 곳이 바로 이곳이지만, 본래부터 계획에 함정은 주가 아니었다."

최후의 방어선에 미리 준비한 것들이 주가 아니었더라면, 무엇이 주일까?

당이운이 주변을 바라보며 말한다.

"가장 중요한 것, 역시 당가사혈주이지. 그러니 조바심을 낼 필요도, 괜한 움직임을 보일 필요도 없다."

이참에 무사들을 휘어잡기 위함인가. 지금의 일을 끝내고 있을 후일을 도모하기 위함인가.

지질한 모습을 자주 보이던 그답지 않게, 제법 위엄 있는 모습이었다. 왕정이 보았더라면 잘 꾸며진 허세라 했을 그런 모습이었다.

허나, 당가의 사람들에게는 이만한 위엄이 또 어디 있겠는가.

"아! 알겠습니다!"

얼굴에 흥이 가득한 이부터, 당이운의 모습에 감화라도 된 듯 감탄 어린 표정을 할 뿐이었다.

잠깐이지만, 당가사혈주의 대주들 또한 묘한 눈으로 당이운을 바라봤을 정도였다.

'이 또한 지나갈 일.'

당가주의 말대로 그는 진정, 이번 일을 제대로 제압해 내고 그 뒤까지도 생각을 하고 있는 듯하였다.

거만하디거만한 모습이었다.

처억.

왕좌에라도 오른 듯 거만하게 앉아 있는 당이운의 앞에 호일운을 필두로 한 독곡의 사람들이 모습을 드러내었다.

다들 큰 중상이 있다거나 하진 않았다.

하지만 몇몇의 부상자들과 가장 앞에서 길을 텄던 호일운의 몸에 난 여러 생채기를 보면 그 길이 결코 쉽지만은 않았음을 추측할 수 있었다.

꽤나 고행의 길이었을 것이 분명했다.

그럼에도 호일운의 분위기는 여전히 묵직했다. 그답달까.

"약조대로라면 녹군이 먼저겠으나…… 이번은 먼저 가보는 게 맞을 것 같습니다."

의외로 그는 배려를 해 주었다.

아미파와 하운성이 무인으로서 배려를 해 주었듯, 호일운 또한 왕정에게 직접 결자해지를 하라 말하는 것이었다.

"빚으로 생각하고 기억하지요."

"당연한 것이오."

호일운과 왕정의 모습이 마음에 들지 않았던 것일까?

가만히 그들을 바라보던, 당이운이 자신만의 왕좌에서 일어나 그 또한 우뚝 섰다.

명망 있는 가문의 후기지수다운 모습이랄까?

겉모습만 보자면 그 또한 한 명의 무인으로서 한 점 부족함이 없어 보일 만한 모습이었다.

'우습기는…….'

허나 온갖 악연으로, 이미 한번 붙어 본 바 있는 왕정으로서는 그런 당이운의 모습이 우습기만 하였다.

호일운의 배려로 가장 앞에 서게 된 왕정. 그 뒤로 그를 호위하듯 줄을 지어 서게 된 독곡의 이들.

그에 맞서는 당가사혈주와 당이운들 또한 기세를 돋워 결전을 준비하고 있었다.

"마무리는 지어야겠지?"

"훗. 이쪽이야말로 마무리를 짓는 것이겠지. 당가의 정예들이 나선 것을 영광으로……."

그의 말이 길어지려는 찰나. 왕정이 한껏 비웃는 표정으로 그의 말을 잘랐다.

"푸핫. 예나 지금이나 말로 싸우는 깃은 여진하군? 더 들어봐야 싸울 처지에 웃음밖에 나오지 않을 것 같으니, 이제 그만 끝내지?"

"네 이놈! 오만방자하기는 부처의 자비심 그 이상 같구나!"

"그런 이야기는 아미 여승분들 앞에서 하도록 하고. 아차차, 당가에서는 그분들을 보는 것도 두려워하던가?"

"이이……."

역시나 혼자 굴러먹던 왕정 앞에서는 무리인 듯하였다. 말로 이기는 게 무리라면 남은 것은 무력뿐.

더는 안 되겠다 여겼는지, 그가 명했다.

"쳐라!"

"역시. 예나 지금이나 쪽수지. 추잡한 놈."

부딪친다.

第六章

부딪친다

미리 준비한 함정 다음에는 떼로 몰려오는 건가. 미리 예상하기는 했지만 하는 짓은 여전했다.

독곡의 사람들은 약간이지만 술렁였다.

독곡에서처럼 일대일의 승부라도 벌이려나 하고 생각했던 그들로서는 전혀 생각지 못한 모습이다.

명색이 정파라고 말하며, 무인이라는 자들이 몇 번이고 이런 식이라니?

한두 번도 아니고 지금은 결전과도 같은 때가 아닌가.

그들이 술렁이는 것도 당연했다. 특히나 호일운은 지금의 상황이 가장 마음에 들지 않는다는 태도다.

"하핫. 이거, 양보를 해도 소용이 없군요?"

"예나 지금이나 저런다니까요."

"왜 독인이 저들이라고 하면 이를 갈고 보는지 알 만하군요. 뭐 저야 좋습니다."

일대일이든, 다대다이든 상관은 없다. 대결이 벌어진다 해서 피하고 보는 독곡의 사람들은 아니잖은가.

"일독지문, 독막, 녹군에서 각 하나씩 맡으면 되겠군?"

"보아하니 저쪽은 네 개의 대가 온 거 같긴 하네요. 그래도 암기를 쓰는 자는 녹군에서 상대하기 적당하니 녹군이 둘을 맡아주면 딱 맞겠군요."

당가철신대와 당가운정대를 맡으라는 소리다. 둘 모두 암기를 주특기로 하는 자들이다.

"둘입니까?"

"예. 저기 암기 같은 것이 그려진 두 개를 맡아주면 됩니다."

수는 많지 않아도 그 무력이 보통은 넘는 자들이 바로 당가사혈주가 아닌가.

당가사혈주 중 둘을 맡는 것은 보통 어려운 일이 아닐 게 분명했다. 그걸 모를 리가 없는 호일운이기도 했다.

하지만 그는 되려 기쁜 기색이다.

"맡겨만 주시죠!"

"후후. 젊은 게 좋은 거겠지. 그럼 자연스레 나머지는 일독 지문과 독막이 나눠서 하면 되는 건가?"

"이왕 하는 거 길도 열어주도록 하죠."

"마음껏 하시지요. 자아, 가죠!"

독곡의 사람들이 쐐기와 같은 진형으로 변한다. 중원의 진과 비슷해 보이지만 또 다른 형식이기도 했다.

통일감 있는 중원의 진과는 다르게, 그들의 진은 그들만의 특색이 잔뜩 실린 진이었으니까.

함께한 여러 전투로 자연스레 형성된 진인 덕분이다.

처음의 부딪침은 역시 암기와 녹군 육체의 부딪침이었다.

양측에서 가장 선봉에 서는 자들의 부딪침이니만치 그 기세가 만만치 않았다. 흡사 맹수들의 혈투와 같은 부딪침이었다.

"크으……."

가장 먼저 달려드는 것은 당가의 삼양폭우침이었다.

그들의 지법인 삼양지를 본 따 만든 삼양폭우침은 단번에 세 방향을 노리고 달려드는 위력적인 암기였다.

두 개의 암기까지는 쉽사리 막아내지만, 마지막 세 개까지는 무리였던 것인지 곳곳에 생채기가 나는 녹군의 사람들이었다.

"실망은 시키지 않는구나! 가자!"

기세를 타고자 함인가? 폭풍과도 같은 암기세례가 이어진다.

허나 생채기 하나 따위에 무너질 녹군도 아니었다. 그들도 기세를 돋우어가며 앞으로 나아가기 시작했다.

빠른 속도로 녹곡의 사람들이 전진해 나아갔을 때.

"지금이다!"

당가사혈주 중 당가운정대가 기다렸다는 듯, 나서기 시작했다.

그들이 나서자, 주변에서 안개가 퍼지듯이 독연이 퍼지기 시작한다. 독을 특기로 한 그들답게 독을 사용한 것이다.

"이건 맡겨 두게나!"

왕정이 나서기도 전에 안일지가 먼저 나선다. 그들도 제 몫을 하려고 하는 듯했다.

스스슥!

독연의 사이로, 암기들이 쏟아져 오기 시작한다.

삼양폭우침, 천뢰소구, 폭우침. 세기도 힘들 만큼 많은 수의 암기들이 쏟아지고 있었다.

독연 속에 암기라!

이들은 단순히 독으로 독곡의 사람들을 제압할 수 없음을 이미 알고 있었던 것이다.

수없이 많은 암기들이 던져짐에도, 서로 부딪치는 것이 없는 것을 보아하니 잘 짜여진 공격이었다.

선이 아닌 면으로 된 공격이니 막아내는 것이 힘든 것은 당연한 터.

그럼에도 녹군의 사람들과 독막의 사람들도 미리 준비한 것이 있다는 듯, 한 점의 물러섬도 없었다.

당가에게 잘 짜여진 공격이 있다면, 독곡의 사람들에게는 압도적인 무력이 있었다.

"독륜으로 흩어라!"

그들의 신체와도 같은 독륜으로 독연을 훑기 시작하는 독막의 무사들이었다.

그들에게 있어 이 정도의 독 정도는 해결이 쉬이 가능했다. 왕정의 독과는 질적으로 다르니 무리도 아닌 것이다.

"호연공으로!"

녹군은 그들이 특기로 하는 외공 중에 하나를 사용하였다. 호연공은 독이 아닌, 물리적인 공격을 막는 데 특화된 그들만의 무공이었다.

암기는 녹군이, 독은 독막이.

단순한 분업이었지만 그 효과는 지대했다.

"천뢰구와 비슷하면서 다른 암기로구나. 좋다. 당가운정대도 나서도록 한다!"

혈구대, 십기대, 철신대에 이어서 마지막 남은 당가운정대가 나선다. 당가사혈주의 모두가 나서기 시작한 것이다.

그때부터 전투는 본격적으로 이어져 나가기 시작했다.

듣도 보도 못 한, 이제 막 시험하기 시작한 암기들이 대기를 가르고, 그것을 막는 녹군의 무사들이 있었다.

독연에 이어서, 암기에 묻은 독에, 때때로 여러 독이 섞여 나오는 혼합독까지.

독성에 독성을 더하여 새로운 독이 더해지고, 수없이 섞이는 독에 전에 없던 독이 만들어지기도 하는 상황이었다.

이 전투가 끝난다 하더라도 당분간 후안골은 독지 그 자체가 될 것이 분명했다.

못해도 수년간은 아무것도 자라지도, 살지도 못하는 곳이 될 게다.

암기와 외공의 싸움과는 또 다른 방식으로 독공 고수들의 싸움에 주변이 초토화되고 있는 것이다.

그 무지막지한 위력을 당연하다는 듯 만들어내고 있는 양측의 무사들의 싸움이 치열해질수록 가까워지는 둘이 있었다.

왕정과 당이운이다.

서로가 호적수라고 할 건 없었다. 원한 관계가 얽히고 얽혀 만들어진 관계일 뿐이다.

"왔구나?"

"이제는 도망갈 곳도 없겠군? 후후."

오늘을 기다렸던 당이운이다. 공식 대결에서 자신에게 망신을 주었던 왕정을 인중독으로 무너트릴 그날인 것이다.

다만 일방적으로 당하는 입장인 왕정으로서는.

"폼 재기는."

이제 와서 당가의 소가주다운 모습을 보여 봐야 우습기만 할 뿐이었다.

'변하지도 않는구만.'

항상 시작은 저러지 않았던가. 폼을 재고, 사람을 우습게 아는 모습 그대로다. 그 뒤?

그 결과야 뻔하지 않겠는가.

느껴지는 기세로 보아하니 무언가 달라지기는 한 듯하지만 결과는 전과 같게 만들어 주면 될 뿐이다.

당이운의 광기가 더해진다.

그와 함께 기세가 커짐은 당연했다. 움직이는 옷자락만으로도 그의 기세가 보통이 아님은 다 알 만할 정도였다.

그 모습에서 무언가 느끼는 바가 있는 것인가?

근래에 들어 대결에 끼어드는 법이 없는 독존황이 무언가 알아챈 듯 외쳤다.

─죽일 놈들! 인륜을 저버리다니!

[무슨?]

왕정은 자신의 진신병기나 다름없는 독구를 여럿 만들어 내면서도, 독존황의 말에 묻는 것을 잊지 않았다.

그 또한 당이운이 사용하는 독이 통상적인 독과는 기운이 묘하게 다름을 느끼고 있었다.

─사람으로부터 나온 독이다. 느껴 보아라. 동물들의 시독과 묘하게 비슷하면서도, 혼합독의 기운이 느껴지지 않느냐?

독존황은 기본적으로 왕정의 몸으로부터 주변의 기운을 느끼지 않는가.

주의력이 달라 눈치를 채는 것이 느릴 뿐이지, 독존황이 느끼는 것을 왕정이라고 해서 못 느낄 것은 없었다.

그도 무인이며 독인. 또한 독존황의 도움으로 말미암아 계속해서 강해지고 있는 자이지 않은가?

당이운으로부터 느껴지는 기운은 분명 독존황의 말대로였다.

"미친……."

사람이다. 오직 사람으로부터 나온 독이 분명했다.

독의 기운 안에 섞여 있는 묘한 기운은 분명 선천진기와 비슷한 그 어떤 기운이다.

다른 이라면 모를까, 독의 조종자라 말하는 연독기공을 익힌 왕정이 기운을 착각하고 있을 리가 없었다.

왕정이 전음하는 것을 잊고 나직하니 외칠 정도였다.

"인륜을 저버린 것이냐?"

"하. 인륜? 쓰레기들을 가져다 독을 만든 것이 무슨 인륜을 저버린 건가? 응?"

당가의 사람들을 제외한 이들은 사람으로도 보지 않는 걸까?

당이운은 진심으로 그리 생각하는지 말을 함에 한 점 거리낌도 없어 보였다. 그는 인중독에 희생된 사람들을 상대로 전혀 죄책감이 없는 것이다.

"……미친놈."

놈을 상대로 말장난을 할 필요도, 상대할 가치도 없었다.

왕정은 아무런 말도 하지 않은 채로 기세를 더욱 끌어 올렸다. 순식간에 끝장을 볼 생각인 것이다.

"키킥…… 그래. 그리 나와야지."

왕정의 분노가 마음에 들었는지, 그가 광소를 지어 보인다. 그와 함께 그의 온몸이 시뻘겋게 달아오르기 시작했다.

그가 왕정을 향해 달려들기 시작한다.

독구의 위력이 어떤지는 익히 알고 있으니 선공을 자신이 가지려 그리하는 것이다. 허나 왕정이라고 해서 당하고만 있을까?

"죽엇!"

달려드는 당이운을 향해서 모든 독구를 날리기 시작한 왕정이다.

스슥—하는 소음도, 독구들이 움직이면서 나오는 기세의 변화도 없었다. 말 그대로 순식간의 이동이었다.

소리는 그 뒤에 뒤늦게 터져 나왔다.

"어딜!"

콰아아앙! 콰앙! 쾅!

폭음이다. 인중독의 기운으로 자신을 둘러 싼 당이운이 독구를 향해서 그대로 부딪쳐 나아갔다.

그가 모든 독구를 꿰뚫고서, 왕정에게 다가오는 것은 순간이었다!

인륜을 저버린 덕에 나온 압도적인 힘인 것인지, 놈의 기세는 왕정이 날린 독구 그 이상이었다.

'접목이 낫겠지.'

허나 이런 경우가 어디 한두 번이랴.

자신보다 강한 기운을 가진 자와의 대결은 이미 독곡에서도 수두룩하니 한 지 오래다. 당장 점창의 하운성만 하더라도 자신 이상의 결과를 가진 자였지 않은가.

태산압정, 이화접목과 같은 상수의 묘리는 못한다.

허나 독에 관해서만큼은, 그 이상의 묘리를 사용하는 것도 가능한 왕정이었다.

"캬아악!"

"와라!"

광기를 흘리며 다가드는 인중독의 기운을 자신에게로 끌어들이는 왕정이다.

왕정을 죽이려는 당이운으로서는 쾌재를 부르는 상황!

인중독으로 중독만 시키게 되면 자신이 승리할 것이라 자신하는 그이니 당연한 모습일는지도 몰랐다.

'순간이다!'

지금껏 여러 번 해 왔던 일이다.

뱀이 꽈리를 틀 듯, 몸속에 꽈리를 틀며 움직이기 시작하려는 인중독을 상대로 왕정의 연독기공의 기운이 움직이기 시작했다.

시독, 혼합독, 광물독, 감자의 독, 화웅, 암황사, 액독에 독막의 운마군으로부터 얻었었던 독까지.

그가 그동안 흡수하며 얻어왔던 모든 독들이 합심을 하여 인중독에 대항을 하기 시작한다.

인중독은 없되, 인중독 그 이상의 독들과 싸워왔던 왕정의 연독기공이 그때부터 빛을 발하기 시작했다.

"무, 무슨…… 크으…….."

그가 자신 있어 하던 인중독을 순식간에 제압하기 시작한 것이다.

왕정의 연독기공 앞에서 당이운이 버린 인륜도, 인중독의 위력도, 당가 직계로 어려서부터 익혔던 신공도 모두 무용지물이었다.

농도가 낮은 곳에서 높은 곳으로 흘러가듯, 삼투압되기 시작하는 당이운의 모든 독의 기운들!

본래부터 왕정의 것이었다는 듯, 지배되어 가기 시작하는 독의 기운에 당이운의 눈에 쓰여졌던 광기가 조금씩 옅어져 간다.

"어, 어째서!"

허나 자신의 것을 빼앗긴다는 것에 대한 분함은 여전한 것인가?

그도 아니면 현실을 인정치 못하는 것인지 그의 표정에 놀람이 깃든다. 그 뒤는 천하가 모두 무너져 내린다는 듯한 표정이었다.

빼앗기고 있었다. 없어지고 있으며, 소멸되어 가고 있었다.

그가 당가의 직계로서 얻은 것들이, 독들이!

남들이 누리지 못했을 많은 영약들이, 직계로서 누려왔던 것들이 전부 왕정의 손아귀로부터 빠져나가고 있었다.

무공과 독. 독인으로서의 모든 게 실시간으로 사그라진다.

'안 된다. 안 돼! 안 된다고!'

아집, 집착, 명예와 소유욕, 직계로서의 자부심. 그 모든 것들이 송두리째 무너졌다.

그래서는 안 되었다. 모든 것을 잃어서야, 자신에게 남은 것이 뭐가 있을까?

냉정하디냉정한 자신의 아버지라면, 모든 것을 잃은 자신에게 눈빛조차 건네지 않을 것이다.

당가의 소가주로서 누리던 모든 것들도 동시에 사라질 것이다.

자신이 경멸 어린 눈빛을 주던 자들과 같은 처지가 될 것이다. 아래로, 아래로, 끊임없이 추락하게 될 것이다.

그래서는 안 된다.

일생일대의 적 왕정을 두고, 당이운이 울부짖듯 소리친다.

"그, 그만! 그마아아아아안!"

"뭐라고?"

"그만! 제발! 제발! 제발 그만해! 아니, 제발 그만해 주시오! 내 이렇게 사정을······."

피식.

숙적은 아니다. 당이운 정도가 숙적이 될 것이라고는 애시당초 생각도 하지 않았다. 그 정도 수준은 못 된다.

다만 생사를 가를 적은 되었다. 생사를 놓고 싸울 것이 당연한 적이었다.

'그런데 이 모습은 뭔가.'

독막의 운마군도 이러지 않았다. 청성의 화웅 진인도 이러지는 않았다. 그는 마지막만큼은 무인이었다.

당장 숙어나갈 삼류의 무인도, 자신의 이름을 딤내어 덤벼들던 부나방들도 이러지는 않았다.

이건 적으로서 가치도 없는 모습이지 않은가. 삼류도 되지 않았다. 하류도 아니다.

'인간 이하.'

그래. 그 말이 딱 어울렸다.

당가라는 허울. 직계라는 허울. 소가주라는 허울. 다음대의 가주라는 허울. 그 허울들이 없는 당이운은 딱 이 정도였다.

하류도 못 되는 잡배 중에 잡배다. 잡놈이다.

"네놈은 정말 상종 못 할 잡놈이구나."

"……마, 맞소이다! 그러니! 자, 자비를……."

죽지는 않는다.

내공이 사라진다고 해서 극적으로 몸이 쪼그라들거나 하지는 않는다. 다만 기세 정도가 사라질 뿐이다.

하지만 이 정도까지는 아니다.

단전을 파괴해도, 이 정도로 추악해지지는 않을 것이다. 구걸이라니!

─죽일 가치도 없는 놈이구나. 방계가 차라리 직계다웠다. 그들은 무인이라는 정신이 있었어.

[할아버지의 말대로일지도요.]

정녕 그럴지도 몰랐다. 추했다.

"살려주지."

"저, 정말입니까?"

"그래. 십 년도 남지 않았을 내공도 그대로 남겨 주마. 더 이상은 뺏지 않지. 다만……."

왕정이 주변을 휘 둘러본다.

자연스럽게 당이운의 시선도 왕정과 같아졌다. 그리고 그들의 시선에 보이는 주변은.

당가가 자랑하던 당가사혈주가 무너지는 장면에서 벗어나지 못한 상태였다.

독인들이라 해서 피해가 전혀 없는 것은 아니었다. 허나 일방적인 도살에 가까운 전투였다.

독에는 독막와 일독지문이, 암기에는 녹군이 모든 것을 제압하고 있었다.

자기 몫을 전혀 하지 못할 것 같던 진자운조차 묘한 술수로 사혈주들을 상대하고 있는 상황이었다.

압도다.

한 명만 나와도 전 무림을 떨게 하던 독곡의 사람이 백 명이나 나오지 않았던가. 독인이 되지 못하더라도 그들은 강하다.

지금의 모습은 당연한 모습이었을지도 몰랐다.

"사, 살려만 주시오."

"그래. 살려준다고 하지 않았나? 다만 끝까지 지켜 보거라."

"무얼 말이오?"

주변에 죽어가는 사혈주는 신경도 쓰지 않는 것인가? 오직 자신만 살면 되는 것인가?

추악하다 못해 썩어버린 놈이 아닌가. 설명을 해주어야 할까?

"지금 죽어가는 사혈주가 시작이다. 네놈이 그토록 믿던 당가가 무너질 것이다. 그 모든 것이."

썩어버린 것이 아니라 눈치도 채지 못했던 것일까. 아니면 현실 도피인 것일까.

그제서야 당이운의 눈이 흔들리기 시작한다. 왕정의 말에 현실을 파악하기 시작한 것이다.

"……아, 안 되오. 아니, 그럴 리가. 당가가! 천하의 당가가! 사천제일의 당가가 무너질 리가!"

"지켜보면 될 일이지. 기다려 보아라. 그 모든 게 어떻게 끝나는지."

"……."

침묵이다. 아무런 말도 하지 못한다. 그럼에도 왕정의 말은 계속해서 이어졌다.

"마지막의 마지막에 살아남을 네 녀석이…… 아니지. 오히려 내가 아닌 다른 이들이 너를 죽일지도."

방계의 사람들과 이야기 된 바가 있다. 어리석은 선택이 될지도 모르지만, 남을 자들은 몇 정해졌다.

자신이 아니더라도, 당가의 썩은 상징과 같은 당이운은 그들이 죽일지도 몰랐다. 어쨌든 좋다.

추잡하디추잡한 적은 죽이는 것조차 손이 썩을 일이다.

"……."

여전히 아무런 말도 하지 못하는 당이운을 일견한 왕정. 그 뒤로 그의 신형이 남은 당가사혈주를 향해 쏘아져 나아간다.

전투를 끝내기 위해서.

"대체…… 대체…… 어째서!"

전장의 한가운데. 마지막 남을, 당가의 생존자. 당이운만이 홀린 듯 중얼거리고 있을 뿐이었다.

第七章

구멍을 하나 막다

왕정까지 가세하자 전투가 마무리되는 것은 당연한 수순이었다. 천하의 당가사혈주임에도 빠르게 정리된 감이 없지 않아 있기도 하였다.

독공을 익힌 독인들 자체가 독의 고하에 따라서 쉬이 승부가 갈리기도 하니 나온 결과다.

"암기가 매섭기는 했습니다."

되려 독곡의 무사들은 암기를 주로 사용하는 당가철신대와 당가십기대에 더욱 어려움을 느꼈을 정도였다.

독이라는 것은 그들에게 생활과 같은 것이지만, 암기는 독륜을 제외하고는 경험하기 힘드니 당연했다.

"흐으…… 말도…… 말도……."

전장에 남은 마지막 생존자라고는 고작해야 당이운 하나 정도.

그 하나 외에는 살아남았다 해도, 부상이 심해 곧 죽을 자들이었다. 말 그대로 전멸인 것이다.

"아미타불……."

모든 것을 정리하자, 아미파의 여승들과 점창의 하운성이 왔다.

"살려두어도 괜찮겠는가?"

하운성이 염려스러운 말투로 물었다. 그의 기색으로 보아하니 진심으로 왕정을 걱정해서 하는 소리였다.

같은 정파인이지만, 당가가 해 온 일을 직접 보고 느껴온 그이니 아무래도 왕정을 더 신경 쓰는 것이다.

"괜찮습니다. 구걸을 한 자 정도는 살려주어야 맞겠지요."

"……구걸까지 했는가?"

"그렇게 되더군요. 하……."

"……."

왕정이 이런 말로 거짓말을 할 성격이 아니라는 것 정도는 이미 알고 있는 터.

아미의 여승들과 하운성은 자신들이 목숨을 구걸하기라도

한 듯 고개를 숙이며 부끄러워하고 있었다.

특히나 아미의 경우는 같은 사천 땅을 주 무대로 한 문파이기에 그 부끄러움이 더욱 큰 듯하였다.

"어쨌거나 이제 남은 것은 본가이겠군요. 가 보면 결판이나 있겠지요."

"서찰에 무언가 적혀 있었던 것이로군?"

서찰의 내용은 모른다. 하지만 왕정의 말과 정황을 보고 미루어 짐작하는 것이다.

"예. 바보 같은 이야기에 희망도 두지는 않지만, 모두를 죽일 필요는 없겠지요. 장문께서도 그편이 나으시겠지요?"

"독협께는 언제나 감사하게 생각하고 있습니다."

돌려 말했으나, 자비를 베풀었으면 한다는 말이다.

"남은 방계의 가족, 직접 피를 묻히지 않는 자, 무공을 익히지 않은 자 정도는…… 살지도 모릅니다."

"내가 이런 말을 하기는 뭣하나 괜한 일이 될 수도 있네. 다음 대에 그대를 노릴 수도 있음이야."

"그것이야…… 그때 가서 생각하지요. 하핫."

왕정이 바보처럼 웃어 보인다.

—잘 생각했다.

겉으로 보면 속없어 보이는 모습. 하지만 그가 이런 결정을 내리기 전까지는 많은 고민이 있었을 것이다.

그것을 알기에 독존황도 왕정의 말에 찬동을 해주는 것이
리라.

"다 죽여서야…… 처음 당가와 같은 이밖에 되지 않지 않
겠습니까?"

"그거야 그러네만……."

"게다가 사실. 살 될지도 모를 일이시요. 어쨌거나 현 당가
주는 능력은 뛰어나지 않습니까?"

"……"

왕정은 상황을 아주 잘 파악하고 있었다.

그의 말대로, 당가에 제대로 정신이 박혀 있던 몇이 벌였던
일은 당가주 당기전의 손에 작살이 나 있었다.

그는 잔뜩 분노를 일으킨 채로 소리쳤다.

"네년! 아무리 내 자식이라 해도, 가주에게 항명을 하고도
괜찮을 것이라 여겼더냐?"

"아버님! 방계도 핏줄입니다! 아버지의 뜻에 맞지 않을지라
도 가문의 사람들입니다!"

그는 무슨 수를 쓴 것인지 몰라도 자신에게 대항하려 하
는 자를 전부 잡아냈다. 인성은 몰라도 능력은 뛰어난 자다
웠다.

이번만큼은 자신의 뜻대로 움직일 수 있을 거라 여겼던 당

혜미로서는 하늘이 무너지는 일과 같았다.

이대로라면 왕정에게 보낸 서찰도 소용이 없었다. 일을 벌이기도 전에 제압을 당했는데, 어찌하겠는가.

'방법이 없다.'

당혜미에게 자신의 가문 당가는 언제나 이런 식이었다.

인륜이 없었으며, 효율을 중시하다 보니 사람은 언제나 뒷전이었다.

같은 핏줄이 이어졌음에도 희생을 쉬이 시킬 정도였다. 그것이 싫어 가문에서도 두문불출하던 그녀가 아닌가.

몇 년 동안, 아니 태어나 지금껏 몸을 숙이고만 지내던 그녀가 처음으로 움직였다.

남은 방계의 사람들을 설득하고, 예로부터 자신을 어여삐여기던 전대의 장로분 몇을 설득하는 데도 성공했다.

하지만 그것이 함정이었을 줄이야.

그대로 제압당했다.

이대로라면 자신의 아버지가 어찌할지는 뻔했다. 죗값으로 무언가에 희생을 시킬 게다. 죽도록 할 것이고, 살아도 산 게 아니게 할 것이다.

그게 자신의 아버지의 방식이었다.

'차라리…… 죽음을…….'

어쩌면 자신의 목숨을 자신의 손으로 끊는 것이 나을지도 모를 상황. 그때다.

"가주님!"

어지간해서는 당가주 앞에서 목소리를 높이는 법이 없는 당여원이 들어왔다.

당가사혈주의 대주는 못 되어도 가문의 내실을 다지는 재주는 있어, 당가에 꽤 영향력을 가지고 있는 인물이었다.

모르긴 몰라도 이번 일에 그도 관여가 되어 있을 것인지라 당여원을 바라보는 당혜미의 눈도 그닥 곱지는 않았다.

"무슨 일이더냐?"

그녀의 시선은 전혀 신경도 쓰지 않는 채로, 둘의 대화만 이어졌다. 아니 대화라기보단 일방적 보고였다.

"대패를 하였답니다."

"대패? 그게 무슨 소리냐?"

당가주가 인식이 되지 않는다는 듯 되물었다.

"당가사혈주를 포함하여 전부가 전멸했답니다. 생존자라고는 도련님 하나. 그리고 독곡의 인물들이 바로 성도로……."

"무슨!"

말도 안 되는 소리다.

자신의 아들이 실패하다니. 그래, 아들은 실패할 수도 있다. 첫째도 실패를 하여 그리되지 않았던가.

하지만 자신이 보낸 당가사혈주가 실패라니? 말도 안 되지 않은가.

'나의 판단이 틀렸다고?'

자신도 사람이니 지금껏 몇 번 판단이 틀린 적은 있다. 하지만 이런 큰일에서는 그런 적이 없었다.

그게 자신이 가진바 능력이었다.

그런 재주로 사천 제일의 문파로 당가를 키워낼 수 있지 않았던가. 그런데 실패라니?

당혜미가 놀란 가주를 바라보며, 숙연한 표정으로 말을 건넨다.

"······결국 이렇게 되는군요. 이래서 처음부터 말렸지 않습니까?"

"시끄러운 소리! 네년은 뇌옥을 들어갈 준비나 하거라. 아니지! 네년도 앞장을 서거라. 당가를 위해 그들을 상대를 해야 할 터이니!"

"······아버지, 그게 되겠습니까?"

"뭐라?"

그녀가 가슴속에서부터 끓어오르는 분노와 함께 외친다.

"누가 남았을까요? 방계? 이미 죽어버린 자들? 사혈주? 그도 아니면 인륜을 저버린 뇌옥 사람들이라도 꺼내렵니까? 그들도 이미 죽은 것을요?"

"네, 네년!"

"아무도 없습니다. 아무도. 이제 남은 자라고는…… 아버지의 잘 꾸며진 모습에 현혹된 무사 몇…… 그리고 당가십이대 정도겠네요. 예. 그게 다인 겁니다."

"……"

당혜미의 표현은 아주 정확했다.

그동안 직계의 희생을 줄인다는 핑계를 둘러대는 사이 자신의 편, 자신의 세력을 잘근 잘근 씹어 먹힌 당가였다.

그들을 위해서 뛰어줄 자가 이제는 몇이나 남았을까?

자신의 능력에 현혹된 자들이라고 해봐야 강력한 자들은 몇 없다. 장로도, 왕정의 손에 몇 죽지 않았는가.

식객들은 이미 죽었거나, 상황을 보고 도망을 간 자가 다수다. 그 많던 자들도 이제는 없다.

당가사혈주는 전멸이라고 한다. 당가 무력의 중심이라고 할 수 있는 그들이 죽어서야 답도 없다.

남은 것은 당가십이대. 그리고 지금의 상황을 대비하여 만들었던 당가의 기관진식들 정도다.

그나마 진식들 중에서도 반 정도는 독을 사용하는 것들이 주다. 당가는 암기와 함께 독이 유명한 곳이니까.

독이라고 해봐야 당가사혈주도 이미 당한 판이니, 독으로 독곡의 사람들을 제압하는 것은 무리다.

인중독도 실패를 하였으니 더 말해서 무엇할까.

수백 년간 쌓고, 만들어서 보완을 해 온 진의 반이 소용이 없어지게 되는 것이다.

"천적을 건드린 겁니다. 애시당초 독곡의 사람들을 건드려서야 무엇하겠습니까? 그들은 본류……."

"시끄럽다! 이미 오래전의 일이다. 작은 도움을 받았다 해서 본류랄 것도 없지."

그것은 숨겨진 오랜 과거의 일. 하기사 당가주의 말대로 지금에 와서 본류를 따져보아야 무슨 소용일까.

"가주! 어찌해야 합니까?"

당장에 성도를 향해서 달려오고 있는 독곡을 막아내는 것이 중요했다.

남은 자는 자신, 무사 몇, 당가십이대가 다다.

그래도 자신은 나서야 했다. 자신은 당가주였으니까. 이제 와서는 더 물러날 곳이 없기도 하였다.

그가 딸아이 당혜미를 바라보며 물었다.

"만족하느냐?"

"만족? 만족이라고 하셨습니까? 후후. 지금 이 상황이 만족을 할 상황이겠습니까?"

"……되었다."

어쩌면 자신은 왕정에게 암살대를 보내던 그날이 가장 큰

패착이었을지도 몰랐다.

치명적인 일생일대의 실수를 너무도 쉽게 해버린 것이다. 상황이 이리 될 줄은 그도 정말 몰랐다.

"진식은 어찌했는가?"

"제 권한으로 사용할 수 있는 것은 미리 사용하였습니다."

"되었네."

"예?"

"그깟 진식으로 막을 수 있을 자들이 아니네. 가지."

그가 당가십이대와 남은 당가의 무인들을 데리고 독곡의 독인들이 오고 있을 방향으로 향한다.

죽을 자리를 찾아가는 듯, 그의 표정은 엄숙하기 그지없었다.

"……"

그의 뒷모습을 바라보던 당혜미 또한 씁쓸한 표정으로 아버지의 마지막 모습을 하염없이 바라볼 뿐이었다.

＊　　　＊　　　＊

그는 아들과는 달랐다. 대화의 필요를 느끼지도 않았으며, 대화를 할 생각 또한 없었다.

그저 당가라는 화려한 이름치고는 부족한 전력을 가지고

서는 달려들 뿐이었다. 백도 안 되는 수. 생각 이상으로 적은 수였다.

"막습니다!"

그래도 기세는 맹렬했다.

왕정이 독곡의 사람들을 데려오고 나서는 처음으로 공격이 아닌 방어를 택했을 정도의 기세였다.

다른 이들을 신경 써서가 아니다. 다른 이들은 어차피 잔챙이들이었다.

딱 열셋.

당가십이대와 가주가 보이는 기세는 다른 모두를 압도할 만한 수준이었다.

"……수준이 다르군."

천뢰구의 폭음이 터지고, 전설의 절기라는 만천화우의 암기 세례가 쏟아졌다.

당가사혈주가 쏘아내는 암기의 수보다는 적었지만 그 격이 다른 암기의 세례였다. 경지가 달랐다.

"진천뢰!"

당가십이대 중 당혁수가 그의 성명절기인 진천뢰조차 폭발시키며 달려들었을 정도였다.

암기만 하더라도 보통이 아닐진대, 당중십독도 함께 나왔다. 하나, 하나가 인중독에 비해서 부족할 것이 없는 독의 향연이었다.

　보통의 무인들이라면 한 줌 독수가 되었을지도 모를 그런 상황이었다. 허나 그것에서 왕정은 부족함을 느꼈다.

　'……죽으러 왔군.'

　당가사혈주가 죽는 그 순간부터 대세가 기울었음을 알고 있는 것이 분명했다. 이들만으로는 이기는 것이 무리라는 것을 아는 것이다.

　한 명, 한 명이 강한 독곡의 사람들인데, 그들과 비슷한 수가 맞붙어서야 질 리가 없었다.

　"마지막까지! 이런 식이란 말인가!"

　"시끄럽다! 너 하나만은 내가 데려갈 터!"

　차라리 처음부터 모든 전력을 끌고 왔었더라면.

　청성과 모든 전력을 다해서 덤벼들었더라면.

　그도 아니라면 자신의 식객들만 잘 보살폈더라면.

　방계를 버리지 않았다면.

　마지막까지 당가사혈주만 보내는 것이 아닌 당가주까지 함께 왔었더라면!

　지금까지와는 결과가 달라지지 않았을까?

　각개격파를 당하였으나, 그 모두가 모였더라면 당가는 결코 백 명의 독곡 무사들의 전력에 뒤처지지 않았다.

　지도자가 앞으로 나서지 않았기에,

자신이 이끌어야 할 자들을 챙기지 않았기에,

직계로서, 가주로서, 이끄는 자로서 해야 할 의무를 다하지 않았기에 지금의 상황이 만들어진 것이다!

"끝을 내지!"

"이쪽이야말로!"

선천진기마저 폭주시킨 당가주가 왕정을 향해 달려든다. 당가와 왕정. 왕정과 당가의 마지막 꼭짓점을 찍을 장면이 그렇게 그려졌다.

쾌앙—!

인간이 그랬다고는 생각지 못할 폭음. 독, 암기, 진기, 원한, 살기의 향연. 그리고 그 뒤.

살아남은 자는 오직 하나.

"후우……."

왕정이었다.

그가 결국 자신과 관련되었던 모든 이들과의 마지막 방점을 찍어낸 것이다.

'생각보다 허무하지는 않군.'

하지만 어찌 보면 이제 시작이기도 한, 복수의 끝이었다. 자신의 일뿐만 아니라 독곡의 일도 함께 마무리가 되어야 진정한 끝이라고 볼 수 있기 때문이리라.

마무리를 위해 달려야 했다.

아니 제대로 된 마무리가 되어야만, 제대로 방점을 찍었다고 할 수 있으리라.

마지막 남은 당가의 직계. 정확히는 제 능력을 발휘할 수 있는 자라고 할 수 있는 것은 당혜미뿐이었다.

그녀는,

"……이번 일의 결과로 당가는 이번 대에 봉문을 하도록 하겠습니다."

당가의 봉문을 선택했다.

사천 제일의 문파였던 당가가 그렇게 역사의 전면에서 잠시 사라지게 된 것이다. 어쩌면 이번 봉문으로 영영 사라질지도 모를 일이었다.

전력을 다 잃은 채로 봉문을 한다 함은 그런 정도의 선택이었다.

그녀는 왕정에게 용서를 따로 구하였음은 물론이고, 향후 왕정에게 이번의 일로 복수를 외치지 않을 것임을 확실히 했다.

'그래 봐야…… 뒷구멍으로 언제 공격이 올지는 모르겠지만, 공식적으로 하는 게 중요한 거겠지.'

무림이 돌아가는 적절한 생리 정도는 깨닫게 된 왕정이지 않은가.

더 당가 사람을 죽여 보아야 학살만 된다는 것을 알고 있는 그였기에, 그 이상은 말하지 않은 채로 넘어갔다.

이 정도만으로도 일단 그로서는 만족할 만한 결과였다. 이것으로 자신의 일은 마무리 짓게 된 것이다.

"자아, 이것으로 구멍 하나는 막은 셈이군요."

"그렇군. 흐음…….'

또한 왕정이 마무리 지은 당가의 일은 무림이라는 큰 밑그림으로 보자면, 고작 구멍 하나를 막은 일이 될 뿐이었다.

'마교를 끌어들이려면…….'

아직 좀 더 해야 할 일이 많았다. 계획대로 마무리를 잘 해야만 마교를 끌어들일 수 있을 것이다.

또한 지금의 계획이 그의 사냥 방식에 딱 맞는 것이기도 했다.

"당가가 정말…… 봉문을 하게 됐군요."

"하…….'

옆에서 거의 모든 상황을 지켜보았던 여승들과 하운성은

지금의 상황에 감개무량보다는 놀람을 먼저 보였다.

그들로서는 자신들과 같은 선상에 있던, 아니 한 끗은 위라 할 수 있는 당가가 이리 봉문한 것에 꽤나 섬뜩함을 느꼈을 것이 분명했다.

"자아, 이제는 설명을 드릴 차례군요. 이 일이 끝으로 다음이 있으니 말이지요."

개방 장로 창걸로(唱乞老)가 다녀갔었다. 그때의 이야기를 하려고 함을 눈치 못 챌 사람들이 아니었다.

"장로분과 무슨 이야기를 했는지요?"

"지금. 아니 앞으로 더욱 다가올 위협에 대해서 이야기를 했습니다."

"앞으로의 위협이라 하셨습니까?"

"예."

다름 아닌 왕정의 말이지 않은가. 이들의 표정이 굳어질 수밖에 없었다.

'무언가 있기는 하다.'

'허튼소리를 할 사람은 아닌 터.'

왕정은 항상 자신의 목표 마지막에 당가를 두지 않았다.

그에게 있어 당가는 마지막 목표에 가기 전 거쳐 가야 할 중간 장애물 정도가 되는 듯, 항상 다음을 이야기했다.

그 때문인지 개방 장로와 밤을 세워가며 무언가를 나누었고, 여승들에게 부탁하여 사천무림을 하나로 만들어 달라 했었다.

마지막의 마지막.

왕정은 그 무언가를 대비하고 있는 것이 분명하였다.

그것을 옆에서 보아 온 이들이기에 왕정의 이어지는 말에 집중을 할 수밖에 없었다.

"……시작이라고 해야 할까요. 아니면 중간점이라고 해야 할까요. 어느 쪽이든, 우선 독곡이 공격을 당했었습니다."

왕정의 말에 놀라는 여승들.

당가가 악수를 두기는 했다지만 어쨌건 쉬이 꺾어내기도 하는 독곡이 아닌가. 그곳이 공격을 당하다니?

더 놀랄 것도 없다 생각했던 사람들은 뒤로 갈수록 더 놀랄 수밖에 없었다.

"독곡이 말입니까? 그곳이?"

"예. 마교였지요. 그곳이었습니다. 아주 오래전부터 시작된 듯했습니다. 시작점을 어디서 잡아야 할지도 모르겠군요. 개방에서 전해지기로는……."

왕정은 독곡에서 자신이 겪었던 일. 개방에서 전해진 정보. 현 무림에서 일어났던 여러 경험들을 섞어 나가며 말을 이어 나갔다.

그리고 그 모든 이야기가 끝이 났을 때.

"……사천 무림은 그대들과 함께할 것입니다."

"점창 또한 그리 할 것이네. 허어…… 마교라니."

지금껏 함께해 왔던 그들은 동참을 선언했다.

다른 곳도 아닌 마교이지 않은가. 힘을 합치지 않아서야 그들을 물리치는 것은 지난한 일이 될 것이 분명했다.

"헌데…… 무림의 상황이 이래서야 되겠는가?"

"그 또한 막아야겠지요. 지금까지 그래 왔듯이요. 구멍을 막고 또 막아본다면 언제고 그들도 뛰쳐나올 수밖에 없을 겁니다."

사천당가.

오대세가 중 하나를 무너트린 왕가가 사천이 아닌 다른 곳으로 시선을 돌리기 시작했다.

第八章

녹색무림

"그래. 그렇단 말이지. 움직이기를 잘했군."

혈화. 그녀는 실로 오랜만에 자신의 판단에 만족감을 느꼈다.

근래에 들어 예상 이상으로 꼬여가던 일이, 오랜만에 예상에 맞게 굴러가고 있기 때문이리라.

"어디부터 투입을 하기로 했나? 어느 쪽이 더 수월했지?"

"곤륜이 있는 청해부터입니다."

"조용한 곳부터 치고 들어가는 것이지요. 금방 효과가 일어날 겁니다."

청해에 암수가 살며시 들어왔다.

녹색무림, 녹림.

그들은 생각지 못한 상황에 고배를 마시고 있었다. 특히나 총채주 손호준은 정신을 차리지 못할 정도였다.

"이번에는 또 어디가 밀렸나?"

"싱화채입니다. 처음부터 돕던 놈들인데……."

그들의 도움과 자신의 능력이라면 충분히 녹림을 통합하는 데 성공할 거라 여겼던 그다.

녹림총채주, 그것도 녹림을 처음 통합하는 데 성공하는 총채주가 된다면 화려한 미래만이 그려질 것이라 여겨지지 않던가.

일 년 전까지만 해도 그려졌던 미래다. 통합은 거의 성공에 이를 것으로 생각이 들었었다.

순조로웠으며, 방해는 없었다.

자신들이 움직이지 않아도 무림은 알아서 시끄러웠다. 특히 사혈련과 무림맹의 충돌은 아주 마음에 드는 상황이었다.

그때를 노려 통합을 하면 될 일이라고 여겼거늘. 생각지도 못한 복병에 당해버렸다.

"정의방이란 놈들은?"

"무림맹이 움직인다는 소식이 들리자마자 바로, 서쪽으로 향했습니다."

"쥐새끼 같으니……."

"······."

정의방이 문제였다. 그 수라고 해봐야 몇 되지도 않는 그것들은 생각 이상의 움직임을 보여주었다.

자신들에게 도움을 주는 자들.

강소에 있는 주요 산채를 포함하여, 정보원으로 쓰던 자들을 어찌 알고 죄다 처리를 해버렸다.

녹림도 조직인지라, 정보는 당연히 녹림을 운영하는 데 있어 중요한 요소이지 않겠는가.

정보원들이 죽어간 것으로 팔다리 중 하나를 잃은 꼴이 되었던 녹림이다.

'개방의 도움이 있었겠지. 오대세가의 정보도 이용했을 거고. 젠장.'

그때만 생각하면 속이 쓰린 손호준이다.

여기서 끝났다면 팔다리를 하나 잃는 것으로 끝났을 것이다. 정보원이야 어떻게든 다시 구했을지도 모르고.

문제는 그 다음이었다.

오대세가 출신이 있다고 하더니 잘 움직이지도 않던 남궁가의 무사들을 이용해서 몇 개의 중심 채를 무너트려 버렸다.

자신의 본 거지나 다름없던 곳. 강소성의 녹림채를 무너트린 게 뼈아팠다.

'빌어먹을······ 육시랄 것들.'

강소성은 자금줄이었다.

지금의 수도인 북경 이전에, 남경이 있었던 곳으로 상업이 발달하다 못해 최첨단을 달리는 곳이 강소였다.

그런 곳이기에 그곳에 있는 녹림채들은 하나같이 자금 상황이 좋았다.

게다가 녹림총채주가 강소 출신이라 그들이 가진 자금은 자연스레 총채주에게 오는 자금줄이 되기도 했다.

그것을 정의방이 끊어버렸다.

'차라리 다른 곳의 녹림채가 당했더라면……'

그리 큰 타격이 되지 않았을지도 몰랐다. 정의방은 아주 정확하게 녹림의 맥을 끊어버렸다.

정확히는 녹림채를 통합하려고 하는 자신의 맥을 끊어버렸다.

정보와 자금. 그 둘이 끊어지게 되자 쉽게만 여겨졌던 녹림채의 통합은 아주 지난한 일이 되어 버렸다.

거기에 쐐기를 박는 일이 있었으니, 그게 바로 무림맹의 공격이었다.

"빌어먹을 년. 자신만 믿으면 녹림을 통합하는 데 성공할 것이라 하더니…… 젠장할. 같은 소속이었던 게 부끄러울 지경이군."

"어쩌겠습니까? 이미 이렇게 된 것을요. 일단 무림맹부터 막아야겠지요."

"그래야 후사를 도모하기는 하겠지. 하지만 지금대로라면 너무 힘든 상황이잖은가?"

관철성 관언.

근 몇 년간 현역 취급도 받지 못한 그는 생각 이상이었다. 현재의 그는 한창 달리던 현역 그 이상의 능력을 보여주고 있었다.

세월을 죽이기만 했던 것이 아니었던지, 나이를 먹으며 붙은 관록을 이용하여 녹림채를 쓰러트려 댔다.

지난 몇 달 사이에 무너진 녹림채만 해도 벌써 열이다. 하나같이 뼈아픈 곳이기도 했다.

"관언 옆에도 제갈세가 놈이 붙어 있다지?"

"이미 그들이 한 배를 탄 건 유명한 일화지 않습니까?"

"후……."

하나같이 좋은 소식이 못 됐다. 이대로라면 그들이 자신이 있는 녹림총채를 치기 위해 오는 것도 순간이었다.

"안 되겠군. 이대로라면 각개격파만 당할 뿐. 모두 모으도록 하게나."

고심 끝에 그가 선택한 것은 결국 총공세뿐이었다.

"모두 말입니까?"

"그래! 이대로 있어 보아야 당하기만 할 것 아닌가. 앓다가 죽느니 한 방의 역전을 노리는 게 낫지!"

"되겠습니까?"

"안 되면 죽어야지!"

그의 선택은 얼마 전 죽어버린 당가주와는 전혀 다른 선택
이었다. 과연 그것이 득일지 실일지는 붙어보아야만 알 터.

사천의 일이 매듭지어지니, 강소의 상황이 급변하고 있었다.

*　　*　　*

"사천은 믿어주시지요. 어떤 일이 있든 막아 낼 것이니……
분란은 없을 것입니다."

"청성이 도와주겠습니까?"

화웅 진인의 죽음을 끝으로 물러났던 그들이다.

그 상황, 그 분위기에 부끄러운 듯 물러나기야 했지만 과연
지금의 상황에서도 두문불출하고 있을까?

사천의 제일 문파라는 당가가 무너지다시피 봉문을 한 상
황이지 않은가?

지금의 상황을 노려 사천 제일 문파를 노리는 것도 그들에
게 있어서는 꽤 괜찮은 유혹이 될지도 몰랐다.

왕정은 그것을 염려하는 것이다.

하지만 아미 장문의 의견은 다른 듯했다.

"다름 아닌 마교의 일일세. 게다가 청성은 이번일로 빚이 있는 셈이잖은가? 더 나서지는 않을 겁니다."

"……사천 무림이 아닌 장문을 믿겠습니다."

"그 믿음에 보답하도록 하지요, 독협."

"예. 그럼 다음에 뵙도록 하지요. 이왕이면 그때가 오지 않았으면 합니다만은……."

"최선을 다해 준비를 해야겠지요."

"……그렇겠지요. 그럼 먼저 움직이도록 하겠습니다."

서로 합장을 하는 것을 끝으로 정이 들었던 여승들에게 마지막 인사를 올리는 왕정이었다.

모든 상황을 전하고 믿기로 하였으니, 이곳에서 그가 할 일은 더 없다. 게다가 새로 움직여야 할 곳이 생기기도 한 터.

모든 것을 정리하다시피 한 사천에서 더 있을 이유가 없었다.

왕정이 사천을 떠나가고, 다시금 평화로워질 법한 사천은 아미 여승들의 분주한 움직임으로 조금씩 움직이고 있었다.

사천의 일이 마무리 수순을 밟고, 새로운 단계로 움직이고 있을 때.

조용하기만 하던 청해. 그리고 그곳을 주변으로 한 감숙으로부터 시작하여 산서에 이르기까지!

"키이이익!"

"저, 저게 뭔가!"

"모르겠습니다. 이게 무슨……."

중원의 북쪽 지역은 난데없는 광인들의 출현에, 급작스러운 혼란 상황에 치달아갔다.

"키익!"

줄줄 흐르는 침. 눈에 있는 광기. 부상을 입음에도 끊임없이 움직이는 행동. 정상인을 향한 끝없는 살기까지.

광인 중에 광인이며, 무림에서는 실혼인이라고 말하기에 부족함이 없는 모습이었다.

"키이익!"

실혼인들의 무차별적인 공격은 예상 이상의 규모였다. 여러 성에 한 번에 모습을 드러낸 것부터가 그 규모를 짐작케 하지 않는가?

특히나 북쪽 무림의 경우, 남의 사혈련과 거리가 멀기에 상대적으로 평화롭기만 하던 지역이다.

반대로 이야기하면 평소 방비가 부족하다는 소리!

그런 곳에 실혼인이 들이닥치기 시작했으니 그 타격이 막심한 것은 당연한 이야기인 터!

"바로 움직이도록 하지!"

"서쪽은 우리가 맡도록 하지요."

화산과 종남파가 있는 섬서의 경우야 구파일방 중 둘이 있으니 생각 보다는 빠른 대처가 가능했다.

하지만 자신들이 반쯤은 신선임을 자처하는 곤륜의 경우는 이야기가 달랐다.

청해 자체가 오죽 넓은 지역인가? 발전이 덜 되기는 하였어도, 성의 크기만큼은 뒤떨어지지 않는 곳이 청해다.

게다가 곤륜의 경우는 워낙에 산세가 깊은 곳에 틀어박혀 있다시피 한 곳이다.

정말 신선들이나 살 만한 곳이 곤륜인 것이다.

그렇다 보니 평소 구파일방치고는 주변의 문파에 많은 영향력을 끼치고 있는 형편이 아니었다.

괜히 때때로 구파일방에서 곤륜이 빠지곤 하는 것이 아니었다.

게다가 현 곤륜은 당가와 함께 무림맹에서 정치 놀음만 일삼던 이들이지 않던가.

정치적 능력은 탁월할지 몰라도 무공을 놓고 보면 그 능력이 조금 뒤떨어지는 면도 있을 정도였다.

상황이 이렇다 보니, 대응이 좀 느렸다.

그들은 실혼인들이 출현했다는 소식을 파악하는 시간도 느렸으며, 사람들을 통솔하는 것도 어려운 일이었다.

"어서 움직이도록 하게나. 양민은 물론이고 무인도 노린다고 하네. 그 실력도 삼류는 넘고!"

"그래 봐야 삼류가 아닌가?"

"실혼인이지 않은가. 때로 실력을 뛰어넘는 위력을 보이는 게 그것들이네."

"후우. 알겠네. 그리고 이왕이면 개방에도 도움을 청하기는 해야겠군."

차라리 청해의 중소문파들은 자력으로 살아남기 위해 움직이기 시작했다. 그리고 그들의 판단은 그 상황에 딱 떨어졌다.

"북쪽의 덕령합에서부터가 그 중심이라고 하더군."

"그런가? 그럼 그곳부터 움직여야겠군. 이럴 때에 곤륜은 또 신선놀음이나 하고 있는 것인지……."

"말로만 신선을 해서야 언제 신선이 될지는 모르지."

청해도 결국 내분 아닌 내분을 일으키며 움직이고 있었다.

중소문파를 이끌어야 할 곤륜이 제몫을 하지 못하니 분열이라고 할 수 있는 상황인 것이다.

그 상황으로 희비가 갈리는 양측 또한 당연히 있었다.

"그래. 곤륜이라면 그리 대처를 할 줄 알았지. 이것으로 북을 흔드는 것은 성공한 것인가?"

"하지만 섬서는 예상 이상으로 피해를 주지 못했습니다."

"예상했던 바다. 대신에 산서가 있지 않느냐?"

지금의 상황을 중원에 그려 놓은 혈화로서는 예상하는 대로 상황이 쉬이 돌아가 주고 있었다.

몸은 북경에 있으나, 정신에는 중원을 담아두고 그림을 그려가고 있는 그녀인 것이다.

"아아…… 오랜만에 좋구나."

그런 상황에서 자신의 머리에 그리던 그림이 현실로 나타났으니!

그 희열이란 얼마나 클까?

사내와 몸을 교합하는 것 이상의 큰 희열이 그녀를 스치고 지나간다. 그 모습에도 두려움을 느끼는 그녀의 수하는 말없이 몸을 떨고 있을 뿐이었다.

희가 있으니 비도 있는 법.

왕정에게서 마교의 정보를 듣고 분주히 움직이고 있는 개방으로서는 청해의 상황이 마음에 들려야 들 수가 없었다.

"방주. 이걸 어찌해야겠소이까?"

방주는 중립을 택했지만, 능력이 부족한 자는 아니었다.

중립을 택한 덕분에 왕정에게 밉보인 바가 있기는 하였으나, 그것이 개방에 실이 된 상황이 아닌 것만 봐도 알 만하잖은가?

그는 두문불출하되 정치 감각이 떨어지지는 않았으며, 정보를 취합하는 자답게 능력도 출중하였다.

십만 개방도를 이끄는 방주직에 올라 있기도 했으니 무공도 분명 낮은 자가 아닌 터.

그럼에도 그의 인상은 펴질 줄을 몰랐다.

"창걸로는 산서에 가 있고…… 흐음…… 우방개는?"

"이미 관언과 함께하고 있잖습니까? 방주도 나이를 먹는 거요?"

"하. 젠장. 일이 너무 복잡하게 돌아가니 그렇지! 녹림에 무림맹. 거기에 이어서 마교라니! 지랄 맞은!"

허나 완벽하지만은 않은 그이기도 했다.

단점이 있다면 욱하는 성정과 그와 함께 나오는 지랄 맞은 성격이 그의 최대 단점이라면 단점이었다.

"어이 제자! 너라도 가라!"

"아직 무공도 다 못 익혔잖습니까? 그리고 이것만 익히면 그냥 둔다고 했잖습니까, 스승님?"

상황이 심각한데도, 유들유들한 말투로 스승의 속을 긁는 제자였다.

허나 방주도 지금의 상황이 익숙한지, 화를 내지는 않았다. 다만 방주의 상징인 타구봉을 들었을 뿐이었다.

참고로 이야기하자면, 타구봉을 든 방주는 개방 내에서도 거침없는 매질로 유명했다.

그의 제자가 그것을 모르겠는가?

"가, 가면 되잖습니까? 당장 가지요!"

"냉큼 다녀와! 청해의 일도 해결하고 나면, 황궁도 한번 연결을 접해야겠구나."

"햐. 거지와 황실이라니. 아주 재밌수다."

"이놈이!"

퍼어어억!

결국 매를 벌고는 움직이는 방주의 제자 화웅소였다.

과연 그가 투입된다 해서 실혼인을 모두 제압할 수 있기는 할까? 그를 보내는 개방방주도 그것은 아니라 고개를 저을 것이다.

"급한 불은 꺼주겠지. 다음으로 어디를 움직여야 한다고?"

"북경 애들이야 이미 움직이고 있고…… 하남성으로도 움직여야 할 것 같소."

하남성으로 움직이는 것이라면야 뻔했다.

"소림이겠지?"

"그렇소. 그들이 도움을 줄 것이야 당연하기는 하지만…… 녹림의 일로 소림도 많은 전력이 빠져나갔지 않소이까?"

머리로 상황을 그려보는 방주다. 장로의 말대로 소림이라고 해서 원해서 조용히 있는 것이 아니었다.

상황이 복잡하니 그들도 여러 곳으로 전력이 분산된 판국이었고, 그 결과 실혼인의 일에 제대로 나서지 못한 것이다.

그나마 다행인 점이라면 섬서의 두 문파는 잘 나서 줬다는 정도일까?

어쨌거나 방주로서는 속이 쓰릴 만한 상황인 것은 확실했다. 욕이 절로 나오는 상황이다.

"시부럴! 그러기에 미리 미리 대비를 했어야시. 진즉에! 하……."

"그거야 방주가 무공 익힌답시고 두문불출해서 아니요?"

"내가 원해서 했나? 다 저 제자놈 때문이지. 캬악! 퉤! 노년에 미치도록 뛰어야겠구만. 하필이면 내 대에 마교가 이렇게 지랄 맞게 나서서야……."

"여기는 내가 지키고 있을 터이니 다녀오시오!"

"정의방 애들한테 도움 주는 것 잊지 말고! 사혈련도 잘 살피도록 하고!"

"인력이 없잖소이까! 인력이!"

말이 십만이지, 실제로 십만이 될까. 아니 지금 상황은 개방도가 실제 십만이라고 하더라도 부족할 상황이다.

"시부럴. 누가 십만 개방도라고 했는지…… 앞으로 내 앞에서 십만 개방도라고 하면 족칠 줄 알아!"

"움직이기나 하쇼!"

모든 상황을 파악한 개방이, 현 상황을 제압하고자 본격적으로 움직이기 시작했다. 혈화가 그리는 그림에 먹물을 뿌리기 시작한 것이다.

＊　　＊　　＊

우현령.

하남성의 평여현의 한 어귀를 맡고 있던 그는 왕정과 인연이 깊은 자이지 않던가.

왕정을 구제해 주기 위해서 움직이기도 하던 그다. 그런 그이다 보니, 평소 무림에 없던 관심도 생길 수밖에 없었다.

자신의 친우와 이야기를 나누는 것을 끝으로 침잠해 있던 거인(巨人)인 그가 오랜만에 몸을 움직이기 시작했다.

"흐음…… 때가 왔는가."

무림과 관.

소 닭 보듯 하는 두 세력이지만, 그가 보기에 현 상황은 무림과 관이 아주 긴밀하게 연결되어 있었다.

'오랜 시간이 걸렸다……'

감사를 하고 돌아온 친우가 무언가 변해버린 모습을 보인 것이 그에게 실마리를 주었다.

실제로 있는지 믿기도 힘든 최면에라도 당한 듯, 자신과 비슷한 성격을 가졌던 친우는 색과 재화를 탐하는 치로 변해 있

녹색무림 163

었다.

군자가 소인배로 변해 있는 것이다.

무릇 군자가 되기는 힘들어도, 소인배가 되는 것은 쉬운 일이라지만 친우의 변화는 받아들이기 힘든 극적 변화였다.

거기서부터 조심스레 조사하기 시작한 우현령이다.

조용하면서도 은밀한 조사 끝에, 친우와 비슷한 일을 당한 자들이 북경에 꽤 많은 이들이 있다는 것을 알았다.

그들 모두가 고관대작이라 할 수 있는 고위직이었으며, 그들끼리의 매개가 길게 이어진 것을 파악하는 데는 그리 오래 걸리지가 않았다.

다만 어떤 식으로 움직여야 하는지, 자신이 움직여야 하는 때는 언제인지를 계산하는 데 오랜 시간이 걸렸을 뿐이다.

그렇게 오랜 시간을 침잠해 있던 그.

"북경으로 갈 채비를 하게나."

"북경입니까? 최근 실혼인들이 떠돈다고 하는데……."

"소림에 미리 승려들을 요청했다네. 그 정도는 들어주기로 하였으니…… 연통을 넣으면 될 일이야."

많은 준비를 한 그가 북경을 향해 움직이기 시작했다.

우현령. 평여현에 숨어 있던 작은 거인이 관을 움직이는 큰 열쇠가 되어주고 있었다.

第九章

재회하다

"그대의 부상이 컸군."

"……죄송합니다."

사군창 조준.

그의 창은 빗겨가는 법이 없었다. 허나 관철성 관언 앞에서는 그의 창도 무뎌질 수밖에 없었다.

둘의 경지만 놓고 보면 무승부가 나눔이 당연했으나, 어디 경지로만 대결의 승패를 가를까.

전장을 뒤흔들며 쌓았던 경험, 나이를 먹으며 얻었던 관록을 한껏 이용한 관언이 조준보다 한 수 위였다.

이번 무림맹과 사혈련의 대결에서는 관언이 조준을 무력화

시킨 것이 컸다.

제대로 힘만 발휘하게 되면 무림맹의 힘이 사혈련 이상이라는 세간의 평에 맞는 위력을 보여준 일면이기도 했다.

게다가 조준으로서는 관언에게 무언의 자비까지 받았다.

관언의 주먹이 조준의 복부에 한 치만 더 깊이 들어갔더라면, 조준은 살아도 살아 있는 것이 아니었을 것이다.

단전이 파괴되었을 테니까.

관언이 힘이 부족하여 한 치를 넣지 못한 것이 아닐 터. 무공을 폐하지 않은 것.

그것이 관언이 조준에게 베푼 무언의 자비며, 배려다. 그것으로 그는 자신이 진 마지막 빚을 확실히 갚은 것이다.

그 점이 조준을 망설이게 하고 있었다.

"나서지 않을 것인가?"

"죄송합니다. 이번 전투만큼은 정양이 필요할 듯싶습니다."

조준의 부상에 가장 상심이 컸던 자가 사혈련주다.

그는 모순적이게도 정파인의 성격을 가진 조준을 중용했다. 다른 사파 무인들과는 달리 믿음이 가서다.

조준은 그런 사혈련주의 믿음에 지금까지 잘 부응을 해주었다. 하지만 이번만은 그것이 힘든 듯했다.

"빚인 것인가?"

"⋯⋯."

무언의 긍정이다.

부상이 있었다지만, 이미 꽤 시일이 흘러가고 있었다. 게다가 사혈련주가 붙여준 의원들이 몇이던가.

명의에 더해서 좋다는 영약과 최상의 대우까지.

부상이 낫지 않으려야 않을 수가 없었다. 최상의 몸은 아니라지만, 전장에 절대 나서지 못할 몸은 아니다.

그럼에도 그가 부상을 핑계로 댄다는 것은, 관언의 자비로 살았으니 이번 전투만큼은 빠진다는 뜻이었다.

그게 조준이 관언이 보인 자비에 대한 무언의 예였다.

예에는 예로로 보답하는 것.

정파무인의 성격을 가진 그로서는 당연한 모습이었다.

또한 사혈련주로서는 마음에 들었던 모습이며 그를 중용하는 이유이기도 하지 않았던가.

'허나 그것이 발목을 잡을 줄이야⋯⋯.'

다른 사파 무인이었더라면 부상이 낫자마자 복수를 하겠다며 사람부터 모았을 것이다. 발광을 하며 무슨 수든 쓰려 했을 거다.

그도 안 되면 자신보다 높은 자를 끌어들여 관언을 죽이려고 했겠지!

하지만 조준은 오직 침묵만으로 무언의 시위를 할 뿐이었다. 가장 마음에 들던 면이 련주의 발목을 잡은 것이다.

"그대가 나서지 않더라도 이번 출진은 확정이나 다름없네."

"……그렇습니까?"

"우리 련과 같은 곳에서는 말일세. 특히나 우리 사파는…… 한번 밀리게 되면 자중지란을 할 수밖에 없네. 일잖은가?"

"……예."

힘이 곧 법인 사파다. 그런 사파가 모인 곳이 사혈련이지 않은가.

조준이야 개인이니 예외로 친다 하더라도, 대다수의 사혈련 무사들은 사파인다웠다. 그게 그들의 본성이기도 했다.

그런 사파인들이니 사혈련주의 힘이 조금이라도 부족하면, 바로 련주를 치려고 들 것이다.

약한 자를 잡아먹고, 강자가 되려 하는 것은 사파인으로서 당연한 속성이니까.

그러니 사혈련주로서는 움직일 수밖에 없었다. 무림맹을 상대로 밀린 것이 너무 컸다.

강서성의 세력을 다시 되찾았다는 것이나, 무림맹이 이번 전투로 실익이 없었다는 것은 이유가 되지 않았다.

련주의 무사인 조준이 패배했다는 것. 련주의 힘이 예전만 못하다는 소문이 돈다는 것이 중요했다.

이대로 둔다면, 힘이 부족하다는 소문 뒤에는 실제로 그의 뒤를 치려는 자들이 나오게 될 것이다.

그런 식으로 이어져 오는 사혈련이니 뻔히 예상되는 일이다.

그러니 사혈련주는 움직일 수밖에 없었다.

아직 굳건하다는 것을 보여주어야 했다. 자신이 여전히 현역임을 보여주어야 했다.

은퇴를 생각지 않고서야, 련주도 자신의 자리를 지키기 위해서는 달리 선택권이 없는 것이다.

조준도 그것을 모르지 않을 것이다. 머리가 부족한 자가 아니니까. 하지만 이번만큼은 어쩔 수 없는 듯했다.

"정양을 하도록 하게나. 허나, 이번이 마지막이 될 것이네."

"죄송합니다. 언제나 그렇듯이 제 창은 련주님의 적에게 가 있을 것입니다."

자신의 말을 지키는 조준이다. 다음은 정말 그리 할 것이다.

련주도 이번이 마지막 자비이기도 했다. 다음 불복시에는 어찌 될지 모를 일이다.

"하하. 정말 그리 되어야겠지. 휴우. 이번에는 어쩔 수 없이 내 직접 움직여야겠군."

"직접이십니까?"

"어쩌겠는가? 걱정 말게. 나 또한 현역이니."

무공.

오직 무공 하나만으로 조준을 반하게 만든 련주다. 지금이
야 않는 소리를 하지만 련주의 무력이 떨어질 것이라고는 생
각지 않는다.

설사 관언이 나선다고 하더라도 승자는 련주가 될 것이다.
그는 그런 자였다.

"련주님이 직접 나서신다니…… 성대한 전투가 되겠군요."

"어울리지도 않는 아부는 하지 말게나. 다녀오도록 하지."

흡사 산책이라도 나서는 듯 련주가 부상을 입은 조준을
두고 거인의 걸음을 옮기기 시작한다.

한 사람의 가벼워 보이는 몸짓이나, 그 파급력은 무림 전
체를 흔들리게 할 터.

련주가 칩거 아닌 칩거를 깨고, 움직이기 시작했다.

*　　　*　　　*

사혈련을 막아야 할 무림맹은 당장에 눈앞에 있는 적부터
상대해야 했다.

녹림이다.

훗날 녹림과 무림맹의 대혈전으로 기록될 전투가 바로 눈
앞에서 그려지고 있었다.

"많군."

"녹림채를 제하고도 인근의 산채도 끌고 온 듯싶습니다."

이유야 여럿 있을 것이다. 사혈련이 그러했듯 협박이라도
해서 끌고 왔을 것이 분명하다.

무공도 제대로 익히지 못한 산채의 산적들쯤이야, 화살받
이 그 이상도 이하도 되지 않을 것이 분명한 터.

쓸데없는 희생만 늘리는 일이다.

"죽을 자리를 찾아오는 셈이 아닌가?"

"대신에 저희는 검 한번이라도 휘둘러야겠지요."

"흐음…… 오대세가에서 지원을 온 것이 다행이로군."

자신의 별호보다도 녹림총채주라는 직위로 불러 주기를
원하는 손호준이 지원군을 데려왔듯 무림맹도 지원을 받았
다.

구파일방은 여러 일로 더 도움을 주지 못했지만, 대신 당
가를 제외한 나머지 오대세가가 나서주었다.

"개방의 도움이 즉효였지요. 마교라니요."

"방주가 직접 이야기를 하였다니, 거짓은 없겠지. 마교
라…… 허헛."

개방 방주는 소림에 다녀갔다. 대신에 방주를 대신하여 장로는 왔다. 장로라 해도 그가 가져온 소식의 무게감은 컸다.

마교라니!

다름 아닌 마교가 준동을 하고 있다 한다. 그때부터 강호에 있던 여러 일들이 전부 설명이 되었다.

녹림의 갑작스러운 준동에서부터 시작하여 실혼인에 이르기까지. 이제 와서는 뻔히 보였다. 모두 마교가 획책한 일이다.

"북경에 피었던 혈화도 마교의 일이겠지? 흐음…… 관에도 손을 대었다라."

"본래부터 황실에도 척을 진 곳이지 않습니까. 비록 배신을 당한 것이긴 합니다만은……."

현 황실과 마교가 얽힌 일이야 더 설명할 것도 없이 유명하잖은가. 이야기를 깊게 할 필요는 없었다.

다만 여기서 중요한 것은.

"처음 배신당한 것이야 마교라지만, 이제 와선 그들이 모두의 적이 되었잖은가."

"그렇지요. 하지만 본격적으로 황실까지 건드릴 줄이야. 꽤나 다각적으로 움직이긴 한 듯합니다."

황실에도 손을 뻗었다는 것이 중요했다.

어쩌면 이번 일은 단순히 녹림의 일을 해결하는 것으로 끝나지 않을지도 몰랐다.

게다가 슬슬 움직일 것이 분명한 사혈련까지 고려를 한다면, 무림맹으로서는 꽤나 복잡한 상황이었다.

"다각적으로 움직인다라…… 그 말이 딱 어울리기는 하겠군. 우선은 저 녹림부터 해결을 해야 하겠지."

"그래야겠지요. 다행히도 저희 제갈가의 여식이 맥을 잘 끊어주었지요."

제갈가의 여식이란 제갈혜미를 말함이다.

그녀가 정의방의 지낭 역할을 해주는 것이야 지금은 무림에 파다하게 소문이 난 지 오래였다.

"하핫. 그게 불행 중에 다행히 아니겠는가. 자아, 움직여 보세."

"진을 꾸리지요!"

관언을 필두로 하여 무림맹의 무사들이 움직이기 시작한다.

"와아아악!"

"죽여!"

그에 맞춰 달려들기 시작하는 산채의 인물들은 약에라도 취한 듯, 한 점의 두려움조차 보이지 않았다.

아군에게 약을 사용할 정도로, 녹림이 무림맹을 두려워하고 있다는 반증이었다.

"……우습군."

콰앙하는 폭음과 함께 거칠 것 없이 움직이기 시작하는 관언과 그 뒤를 따르는 무림맹의 무사들이 약에 취한 자들을 물리친다.

"다 투입한다! 어서 투입하라고! 모두!"

녹림총채주, 통합된 녹림을 꿈꾸던 손호준이 분투를 벌이지만 과연 관언을 상대로 그것이 될까?

"모두 없애라!"

분열되다 못해, 속에서부터 썩어나가던 무림맹이 하나로 합쳐지기 시작하니 그 힘이 무림 제일이 되어가고 있었다.

과거로부터 지금까지, 세월이 변해 와도 버텨왔던 거목으로서의 힘을 보여주고 있는 그들이었다.

*   *   *

북쪽에는 실혼인들이 날뛰고, 중앙에는 녹림과 무림맹의 대결이 있었다.

사혈련주가 움직이기 시작할 것이라는 소문은 이미 오래전에 났다.

무림에 한정되기는 하지만 그야말로 난세이지 않은가.

각지에서는 기회를 틈타 명성을 올리려 움직이는 개개인이 있었고, 또 이 틈을 노려 이득을 취하려는 자도 있었다.

중원 무림의 무인들에게 있어 격변의 시기가 바로 지금인 것이다.

그런 무림의 한가운데, 가장 많은 주목을 받는 자 중에 하나라고 할 수 있는 이들 중 하나인 왕정은 되려 평화로워 보였다.

"사조, 기분이 좋아 보이시네요?"

"응. 예정대로라면 곧 만날 테니까."

약속을 했다. 아니, 연통을 주고받았다고 하는 것이 옳으리라.

드디어 오늘 그들을 다시 만나기로 하였다. 아주 오랜만에 만나게 되는 그들이다.

'어떻게 변했으려나.'

자신이 독곡에서 독인들과 대결을 벌이고, 당가에게 복수를 하려 분투를 하는 그동안. 그들도 움직였다 들었다.

오직 무림맹에만 충성을 받치며 평생을 살아갈 것 같던 그들이 정의방이란 모임을 만들었단다.

그것도 제법 강해서, 녹림채 여럿을 전멸시켜 이름을 드높이기까지 했다 한다.

자신과 함께 하던 무림맹 무사들에, 깊은 수준은 아니지만 의술을 가르쳐 주었던 아칠도 있다고 하니 왜 아니 기쁠까.

'워낙 많은 일이 있었지.'

몇 년 안 되는 시간이건만, 십 년도 더 전에 만났던 고향친구를 만나는 것처럼 설레고 있는 왕정이었다.

물론 마음에 걸리는 바가 없는 것은 아녔다.

제갈혜미만 하더라도 마지막이 좋지만은 않았다. 그녀의 선택과 다르게 제갈가로 보내지 않았던가.

정우만 하더라도 또 대련을 하자고 붙자 할 위인이다.

'그나마 되려 안심이 되는 건 아영 누님이려나. 이런 부분에서는 쉬이 넘어가니까 말이지.'

어쩌면 가장 조용한 성격을 가지고 있는 이화도 무언가 불만을 가지고 있을지도 몰랐다.

그래도 좋았다. 마음에 걸리는 바가 있어도, 만나고 싶은 마음이 더욱 크니 설렐 수밖에 없다.

그 모습에 심통이라도 난 것인지 옆에서 가만 바라보던 운민이 흥하는 소리를 낸다.

"피잇. 얼마 전부터 헛바람만 드셔서, 신경도 안 써주시고……."

"신경도 안 쓰다니? 무공이야 이미 알아서 잘 하구 있잖아? 응?"

"……몰라요."

이미 합을 나누었던 사이가 아닌가. 그런데도 이렇게까지 무심할 줄이야.

계획을 세우고, 응용을 하는 것, 자신에게 무공을 가르쳐 주는 것까지 보면 완벽한 왕정이건만 아무래도 세심한 면에서는 조금 부족했다.

'마음도 모르고……'

기실 운민이 조금이나마 예민하게 구는 것도 이해가 갈 만한 상황이었다.

왕정이야 별거 아닌 듯 이야기 했지만, 아무래도 인연이 있는 사람 중에 여인이 너무 많았다.

제갈혜미에 이화, 아영까지. 무려 셋이나 되는 여인들이다.

'듣기로는 사혈련에도 인연이 있던 여인이 있다지? 그것 때문에 공적이 되었고……'

사혈련주의 딸 사도련. 멀리 있는 그녀지만, 그녀마저 신경이 쓰이고 있는 운민이었다.

중원에서는 강호 영웅이라는 자가 삼첩, 사첩을 거느리는 것이 당연하다고 말하지만, 그녀도 사람이니 독점욕이 전혀 없으랴.

그녀가 하고 있는 작은 질투쯤이야 귀엽게 넘어가 줄 만한 정도였다.

중요한 것은,

"왔군. 휴우."

정우가 방주로 있는 정의방의 방원들 전부가 왕정이 있는 사천과 중경 어귀 작은 객잔에 도착했다는 것이었다.

강소에서 안휘, 호북을 지나 중경에 이르기까지.

한성에서 나고 자라, 죽을 보통의 사람들이라면 겪지 못할 긴 여행길을 겪은 그들이시 않은가.

헌데,

"왔군요. 후후. 때가 왔어요."

"……벌을 줘야지."

"헤에…… 재밌게 됐는데?"

정우와 함께 선두에 있는 그녀들은 여로가 주는 피로함을 느끼기보다는 되려 전의를 불태우고 있었다.

살기까지는 아니더라도, 그 기세가 보통이 아닌지라 정우마저도 움찔할 정도였다.

'왕정…… 그러기에 잘 좀 할 것이지. 어째 여자를 끌고 다니는 것이냐. 어휴.'

무인 중의 무인으로 완성되어 가고 있는 정우이건만, 그녀들에게는 그도 어쩔 수 없는 듯했다.

말리기는커녕 그 이전에 왕정에 대한 명복부터 빌어주고 있는 그였다. 애시당초 그로서는 그녀들을 말리는 것이 역부족이었다.

인기척을 느낀 것일까?

잔뜩 기쁜 표정을 하고는 왕정이 정의방 사람들을 향해서 다가오기 시작한다. 그의 시선은 당연히 정의방 선두에 있었다.

"우와! 모두 오랜만이지요?"

속도 없기는.

정우는 진정 그리 생각했다. 나찰 같은 눈빛을 하고 있는 그녀들로부터 아무것도 느끼지 못한단 말인가?

무공을 익힌 무인이라면, 이 정도 기파는 느껴야 하는 것이 아닌가?

'예전부터 저랬지. 이상하리만치 여자한테는 눈치가 없단 말이지. 괴물 주제에.'

눈치가 빠른 주제에 이상하리만치 여인과 나누는 눈치(?)는 전혀 없었다.

하기야 녀석이 여인들의 비위를 맞출 줄만 알았더라면, 놈은 공적이 아니라 바람둥이가 되었을지도 몰랐다.

묘한 매력으로 여인들을 홀리곤 하는 녀석이니까.

"후후. 가볼까요?"

"응."

"나도 같이 가!"

그녀들이 왕정을 향해서 다가간다. 녀석은 여전히 '헤벌레' 하는 표정으로 여인들에게 다가갈 뿐이다.

뒤에 있을 파국에 대해서 예상을 하는 정우. 그리고.

"며칠에 걸려서 풀어주려나?"

"잘 하겠습니까? 알아서 풀리기를 기다려야겠지요. 해골독협 아닙니까. 해골독협."

"하핫. 눈치를 만들어 주는 약은 없겠지?"

"아무렴요."

무림맹에서부터 인연이 이어진 파견무사였던 이환과 의원 이던 아칠이 함께 명복을 빌어주고 있었다.

개중에 가장 오랜 시간 왕정을 대했던 그들이니, 뒤에 있을 상황을 미루어 짐작하고 있는 것이다.

그리고 혹시나 하던 상황은 역시나로 이어졌다.

"으아아아! 오랜만인 건 맞는데…… 그러니까 왜 다짜고짜 검부터!"

"……벌."

그녀는 해후를 나눌 생각도 없는지 순식간에 단련된 검을 뽑아 들어 왕정에게 휘두르고 봤다.

그 속도가 보통을 넘어 왕정마저도 애를 먹을 정도!

공격을 할지 몰랐던, 가장 확실한 아군으로부터 공격을 당했으니 그가 놀라는 것도 당연했다.

구원군이라고 여길 만한 사람은 누구 정도일까? 빙그레 웃고 있는 아영?

그녀라면 자신을 괴롭혔으면 괴롭혔지 도와줄 리가 없었다.

있다면 제갈혜미 정도가 아니겠는가?

"그러니까 왜요! 혜미 소저! 어서 이화 누나 좀 막아보라고요! 네?"

왕정은 제갈혜미의 속도 모르고 도움부터 청했다.

"후후…… 오늘만큼은 아닌 듯하네요. 저 역시도……."

"으아아. 대체!"

그 대답은 생각지도 못한 제갈혜미의 참여!

과연 이 작은 대련(?)으로 그녀의 분이 풀릴지는 모르겠으나, 어찌하겠는가.

공적이 되어 떠났던 놈이, 여인을 하나 데리고 왔으니 그녀들이 열불이 나는 것도 당연한 이야기이지 않은가.

여인들의 분노 속에서 오랜만에 해후는 불타오르고 있었다!

第十章

수순을 밟다

일차전은 어렵사리 마무리가 되기는 했다.

그녀들이라고 해서 왕정을 죽일 생각까지 있었겠는가. 다만 분을 풀려 손을 좀 휘둘렀을 뿐이다.

다만 일차전이 마무리되었다고 하더라도, 후속타라는 것이 있었다.

"아니…… 그러니까, 일이라는 게……."

"후후. 선을 넘었다는 말이지요?"

"……벌이 부족한 듯."

말로도 당해내지 못하던 왕정.

다행히도 그를 구해낼 자가 있었으니. 그를 지아비로 모실

지 모를 운민이었다.

"독곡 일독지문의 운민이라고 합니다. 부족하지만 일독지문의 문주를 맡고 있습니다."

"운민 소저시군요. 문주님이라 해야 하는 게 맞을지도 모르겠네요. 후후. 제갈가의 제갈혜미라 합니다."

운민이 정식으로 소개를 해 오는데, 거설을 하는 것도 예는 아니잖은가. 덕분에 한숨을 돌린 왕정인 것이다.

"호홋. 사조님께 들은 대로 아름다우시군요."

"사조요?"

"예. 저희 일독지문의 사조가 되십니다."

사조라니? 문파의?

이곳에 있는 자들 중에 왕정의 행적을 모르는 자는 거의 없다. 이들이 모른다면 중원 천지에 아는 자가 없다 해도 무방할 정도다.

그런데 왕정이 사조라니? 언제 일독지문에 들어가서 사조가 됐단 말인가.

"……응?"

"에에?"

좀체 놀라는 법이 없는 이화마저도 놀랄 이야기이니, 다른 이들 또한 놀라는 것이 당연했다.

실상, 독곡의 사람들 또한 자세한 사정은 잘 모르기 때문에, 다 함께 궁금해하기는 했다.

"오랜 인연이 신비롭게 이어졌습니다. 독곡에 오셔서 일독지문을 구해주셨지요."

"설명이 필요하기는 하겠네요."

그러면서 왕정을 바라보는 여인들이다.

다른 이의 입을 통하기보다는 왕정으로부터 직접 듣는 것이 정확함을 알고 있으니 당연한 수순이었다.

괜히 오는 집중에 민망함을 느낀 것인지 왕정이 볼을 긁적이면서 화제를 돌렸다.

"뭐어…… 자세한 설명은 나중으로 미루는 게 좋지 않을까나? 일단은 해결해야 할 것도 있고 말이지."

"아. 그렇기도 하겠네요. 후후. 너무 놀랄 이야기라 잠시 잊었군요."

"……."

"에…… 아쉽기는 한데……."

언제고 알려주지 않겠는가?

적어도 왕정이 거짓을 말할 성격이 아님을 알고 있으니, 기다리면 될 일이다.

그렇게 여인들을 포함하여 많은 이들에게 궁금증을 그대로 둔 채로, 예상되는 앞날부터 상의하기 시작하였다.

"중요한 건 지금 당장에 우리가 해야 할 일은 무림의 일부터겠지."

우선은 왕정이 벌여왔던 계획에 제갈혜미의 재기를 더하는 것이 시작이었다.

그렇게 그날, 사천과 중경의 어귀에서는 무림에 한 획을 그을 앞날에 대한 이야기가 끝없이 이어져 갔다.

*　　　*　　　*

혈제(血帝)라 불리던 때가 있었다.

관과 황이 내외하는 사이라지만, 감히 제왕의 칭호를 별호에 붙일 수 있는 자가 무림사를 통틀어 몇이나 되었을까.

중간에 지나가던 별호였으나, 그 의미는 각별했다. 그는 그런 존재였다.

무력 하나. 오직 무력 하나만으로 제라는 칭호를 얻는 데에 성공했던 이인 것이다.

'그게 벌써 이십 년도 더 된 일인가.'

혈제라는 이름으로 사파를 종횡하던 그다.

그 무력을 기반으로 하여 사람을 모으고, 결국 마지막에는 무공이 아닌 머리를 써 사파를 규합하는 데 성공했다.

그렇게 사혈련은 강해졌다.

'이름이야 무에 중요할까. 사파의 모임은 어차피 대를 이을

때마다 바뀌기도 하거늘…….'

중요한 건 자신이 획을 그었다는 것이 중요했다.

살아생전, 다른 이들은 하지 못할 일들을 해냈다는 것이 중요했다. 그게 그에게는 의미가 각별하였다.

단 하나 그에게 걸림돌이 있었다면, 바로 핏줄.

사도련.

그녀가 아프지만 않았더라면, 그녀가 중독당하지만 않았더라면 자신은 더 나아갔을 지도 몰랐다.

딸아이에 대한 노심초사 대신에, 사파의 힘을 더욱 기르기 위해서 힘을 썼을지도 모를 일이다.

'이미 지난 일.'

허나 후회는 없다. 어찌 됐던 마지막 핏줄을 지켜내는 데 성공했으니까.

아이는 잘 해주고 있다.

그 누구보다도 아름다워 보이는, 객관적으로 보더라도 무림 사화 정도는 쉽게 들 만한 딸아이는 회복 후에 그 누구보다 강했다.

아니, 강해지고 있다.

무력, 타고난 재능, 병마와 싸우며 얻었던 끈기로 그 누구보다 빠른 성장을 해나가고 있다.

설사 자신이 무너진다 하더라도, 딸아이는 사파에서 살아남을 것이다. 오롯이 자신의 능력만으로.

'그것이면 충분하지 않은가.'

마지막 남은 핏줄을 온연히 보호하는 데 성공했으니, 이제는 침잠했던 몸을 일으켜도 문제는 없지 않겠는가.

근래에 밀리기만 하는 사파에 자신의 힘을 보태어주는 것도 좋지 않겠는가. 그것이 사파를 하나로 모은 련주가 해야 할 일이니까.

남들은 추잡하다 말해도, 치사하고 비열한 방법으로 살아남기만 한 사파라고만 하더라도, 그에게는 지켜야 할 사파이니까.

"환노. 준비는 되었는가?"

"예. 모두 동원하였습니다."

자신, 그리고 자신과 함께하던 수하들.

그들이 키운 사파의 무사들이 있다. 그들은 사파 무사답지 않게 정통으로 무공을 익힌 존재들이기도 했다.

사파의 치명적인 약점이라 할 수 있는 전통성에 부족함이 없다는 소리기도 했다.

사혈련의 정예들이다.

지금껏 사혈련을 지키는 데만 몰두했던, 그들이 출격을 하게 되었다. 련주가 나서니 그들도 함께인 것이다.

이들이야말로 무림맹에 대항해 나갈 수 있는 사혈련의 진정한 힘이었다.

"꽤 큰 전투가 되겠군."

"그래야 되지 않겠습니까? 련주님이 나서는 전투이잖습니까."

"하핫. 내가 나서는 전투라…… 이 한 몸 움직인다고 뭐가 달라질까."

"아시잖습니까?"

무게를 알지 않느냐는 이야기다.

무림맹보다 힘은 부족할지언정 하나로 합쳐진 련이지 않은가. 련주 하나가 움직일 때, 사혈련이 움직이게 된다.

그가 움직인다는 건 곧 사혈련 전체가 움직인다는 이야기다.

"그래. 그런 의미인가…… 가봄세."

강서에서 안휘로.

"공격."

짧은 한 마디. 그에 전투가 시작된다.

명연설도, 전투의 당위성을 설명할 필요도 없었다. 그의 명령 한마디면 충분했다.

"우와아아아!"

맛보기 같은 작은 전투, 상대의 뒤나 노리던 그런 전투가 아니었다. 정면으로 맞붙으려 하는 공격이 시작되고 있었다.

＊　　＊　　＊

전력은 압도다. 상대를 상대함에 있어 전략이 부족하지 않다. 그럼에도 녹림과 무림맹의 전투는 쉬이 끝나지 않았다.

"이런 식으로 나올 줄은 몰랐습니다."

"아군도 희생을 시키는 것이야 그들의 특기라 생각을 했지만은…… 흐음……."

녹림의 손호준은 생각 이상으로 교활했다.

무림맹과 녹림의 첫 전투는 무림맹의 대승이었다. 이어지던 둘째, 셋째의 전투도 당연한 대승이었다.

전력이 압도적이었으니 패배를 하는 것이 이상하였다.

"무언가 이상하기는 하군요."

"노리는 바가 있는 듯하긴 하군."

헌데, 묘했다.

제갈운은 그동안 자신이 쌓은 지식으로, 관언은 자신이 쌓아온 경험으로 전투가 묘하게 돌아감을 깨달았다.

전투에서 패배하는 쪽은 몸이 달아오르는 것이 당연하지 않겠는가. 패배는 곧 전무이며, 죽음을 뜻하니 당연했다.

헌데 녹림의 지도부 측은 의외로, 아니 생각 이상으로 침착했다.

계속되는 패배가 이어짐에도 그들은 의외로 끈질기게 버텨 내었다. 이득을 위해 움직이며, 희생을 저어하는 그들치고는 묘한 움직임이었다.

그리고 그 이유는 얼마 뒤에 밝혀졌다.

"결국 유인이지 않은가?"

"희생을 토대로 쌓은 유인이기는 하지요."

녹림과 수로채.

그들의 입장에서 자신들이 가진 산채는 본거지다. 본거지는 곧 지켜야 할 대상이다.

아무리 산적이고 수적이라 하더라도 자신이 지켜야 할 대상을 지키지 못해서야 와해만 될 뿐이다.

와해된 다음? 패배 뒤에는 학살이 이어지지 않겠는가.

손호준은 그것을 아주 잘 이용했다.

패배를 하고, 자연스럽게 뒤로 물러나는 녹림. 그가 물러나는 곳에는 큼직한 산채나 녹림채, 수로채들이 등장했다.

패배를 핑계로 자신의 말을 따르지 않던 녹림채로 피신을 한 것이다.

녹림채 입장에서도 아무리 녹림총채주가 마음에 들지 않다 해도, 패배를 하고 온 자를 버릴 수가 없었다.

당장에 손호준이 가져온 전력이 피신을 해 온 녹림채보다는 강한 것도 이유도 이유지만, 이대로 손호준을 버려서야 녹림

자체가 와해된다.

손호준은 철저히 그것을 이용했다.

패배 후 피신. 피신한 녹림채의 전력을 자신의 전력으로 환원하는 식으로 전투는 끈질기게 이어졌다.

소위 물귀신 작전이었다.

"어렵군. 어려워. 저런 식으로 버텨서야……."

"시간을 제대로 끌겠지요. 그들도 사혈련이 움직일 것 정도는 예상할 머리가 있으니……."

"앞은 녹림이요, 뒤는 사혈련이 되는 꼴을 보려고 하는 것이겠지. 이런 쪽으론 역시 머리가 비상하군."

제갈혜미가 자금줄과 정보를 끊어 주었음에도, 생각 이상으로 전투가 길게 지속될 수밖에 없었다.

게다가 곧이어 이어지는 암울한 소식들.

"사혈련이 안휘로 쳐들어왔다 합니다."

"안휘로? 그 규모는?"

"사혈련주를 포함하여 사혈련의 정예들이 모두……."

"사혈련주가 말인가?"

"가장 선두에 있던 것을 확인하였습니다."

"허어……."

사혈련주의 안휘성 공격은 아주 시의적절했다.

당장에 안휘성의 최대 전력이랄 수 있는 남궁가만 하더라도 녹림채의 전투로 전력이 빠져 있지 않은가.

평소보다 방어가 수월하지 못한 것은 당연했다.

상황이 이러하니 남궁가로서는 녹림채 토벌에 적극적으로 대응하기가 어려웠다.

"죄송하지만…… 남궁가는 잠시 물러나도록 하겠습니다."

"어찌 안 되겠는가?"

"가주님이 계신다지만, 사혈련 전체가 몰려와서야……."

이대로 무림맹에 힘을 실어주기만 하기에는 어렵다는 소리다. 그들의 입장도 이해는 가는 터라 관언은 더 그를 잡을 수가 없었다.

'전략적으로 보아도 안휘는 요충지이니…… 허허. 진퇴양난이구나.'

마음 같아서야 녹림채부터 잡고 싶지만, 결국은 현실적인 선택을 할 수밖에 없었다.

"알겠네. 내 소림에도 전갈을 넣을 터이니…… 어렵지만 그들과 함께 안휘를 보호해주도록 하게나. 일이 이렇게 되어 미안하이."

"괜찮습니다. 그럼 먼저……."

남궁가의 전력이 자연스럽게 무림맹의 전력에서 빠지게 되었다.

과연 남궁가가 사혈련의 정예를 상대로 제대로 방어를 해

낼지는 모르겠으나, 그들에게는 달리 선택권이 없잖은가.

안휘는 그들의 본거지이니, 그들이 방비를 해야 하는 것이 당연하였다.

"어렵게 되었어. 예로부터 이랬지. 맹은 지켜야 할 곳이 많고, 필연적으로 흩어져 있을 수밖에 없었지."

"연합체의 한계겠시요."

"그렇다고 무림맹주에게 모든 힘을 실어주지 못하니…… 파벌은 생기고. 허헛. 어렵구면, 어려워."

결국 무림맹도 사람이 만들었고, 사람들이 이끌어 가는 곳이지 않은가. 문파의 연합이라는 체계가 주는 한계성이 있을 수밖에 없었다.

"이대로라면…… 녹림도 안휘도 어느 하나 제대로 막기 힘들지도 모르겠군."

"하나, 하나를 놓고 보면 무림맹이 전부를 압도할 수는 있으나 전체를 압도하지는 못하는 형국이니 어쩔 수 없음이겠지요."

"이럴 때에 맹주라도 움직여 주면 좋겠거늘…… 흐음."

외부 인사. 생각지도 못한 전력이라도 나와 준다면 무림맹의 입장에서는 가뭄 끝에 단비가 되지 않겠는가.

"정의방에나…… 희망을 걸어봐야 할지도 모르겠습니다."

"젊은이에게 희망이라. 허헛. 이 무거운 짐을 지지 않게 하기 위해 무림맹을 혁신시키려 했거늘…… 결국 반쯤은 실패한 것일지도 모르겠군."

파벌싸움만 격화가 되던 무림맹에 환멸을 느끼던 관언이다. 그래서 오랜 시간 끝에 직접 나서 지금의 판도를 만들어내는 데 성공하지 않았던가.

하지만 그가 해낼 수 있는 것은 아쉽게도 여기까지인 듯했다.

결국 무림맹의 한계를 깨부수지는 못한 것이다.

'어려운 일인 것은 알았으나…… 허허. 오늘따라 맹주가 더욱 생각나는군.'

애써 달려왔는데, 보이는 것은 한계라니.

게다가 그 뒤는 젊은 정의방 아이들에게 맡겨야 하다니 조금은 허무함이 느껴질 수밖에 없는 관언이었다.

다만 제갈운의 생각은 조금은 다른 듯하였다.

"아닙니다. 관언께서는 잘하셨습니다. 상황이 따라주지 않는 것일 뿐이지요. 우선은…… 저희는 녹림에 집중을 하도록 하지요."

"집중인가. 그래. 그리해야겠지."

"예. 저희는 다음 대를 위한 판을 깔아주면 될 뿐입니다. 우선은 녹림을…… 그 다음은 사혈련을. 그리고 그 뒤는……."

"마교가 되겠지. 처리해야 할 것도 많군. 젊었던 그 시절보다도 더."

"하핫. 그래도 덕분에 그것에 살맛이 나지 않습니까? 젊은 시절이 된 듯 말입니다."

젊은 시절처럼 느껴진다라.

'그럴지도······.'

무림맹의 수뇌가 되고, 오랜 시간 침잠되어 있었으나 자신이 달려야 할 곳은 역시 전장이었을지도 모른다.

자신은 관철성이니까.

"가세나. 모든 짐을 젊은이들에게 떠넘길 수는 없지 않나. 움직여야지. 어서 녹림을 처리하는 것이 우리의 의무일터."

"판을 제가 짜도록 하지요. 더는 도망치지 못하게 만들어야 하지 않겠습니까?"

"맡기겠네."

무림맹이, 그들을 이끌던 지도부가 움직인다.

*　　*　　*

현령.

중원 천지에 현의 수를 세어보자면 수백을 넘어 천에 가깝다.

이대로 세월이 흐른다면 천이 넘는 것도 곧이다. 인간이란 시간이 흐를수록 번성하기 마련이니까.

자연스레 현령이 황제를 만난다는 것은 지난한 일이 될 수밖에 없었다.

수없이 많은 현령. 게다가 품계도 낮기만 한 현령이 황제와의 독대라니 힘든 것이 당연하잖은가?

하지만 우현령은 해내었다.

자신이 오래전부터 쌓아 온 인맥과 숨겨놓던 재주들을 풀어내고, 혐오하기까지 하던 뇌물을 쓰고서야 아주 잠시 독대를 할 수 있었다.

그로서는 한계에 가까운 일을 해낸 것이다.

물론 황제가 그를 필요로 하는 특수한 상황이 아니었더라면, 아무리 그가 노력했다 하더라도 지금의 만남은 성사되지 못했을 수도 있었다.

운과 시기, 능력이 잘 맞아 떨어져 지금의 상황을 그려낸 것이다.

"황실에 암약하는 무리들이 있습니다. 무림에서는 마교가 준동하였다 하니…… 그 뒤는 뻔한 상황이라 할 수 있습니다."

"그러한가……. 짐도 동창을 이용하여 움직이기 시작하였으나 한계가 있었네."

"열쇠가 된 자가 부족하였기 때문이라 생각이 드옵니다. 그들은 생각 이상으로 뿌리 깊게 관에 틀어박힌 듯합니다."

"허헛…… 하필이면 지금이라."

황제로서는 자신의 황위를 옹립하기 위해 많은 일을 겪었던 바다. 자신이 일을 겪던 그 사이 마교가 뿌리를 내리기 시작했을 것이다.

아주 깊은 뿌리를.

"이번 일은…… 관과 무림이 합심해야만 해결이 가능한 일로 보이옵니다."

"관과 무림이 합심을 해야 한다라…… 동창만으로는 부족하겠는가?"

내시들의 모임 동창.

적어도 그들은 성욕을 풀 길이 없다. 미인계에 당하기 힘들다는 소리다. 덕분인지 동창만은 제 몫을 반이나마 해내고 있었다.

"동창이 나서 해결을 할 수도 있겠습니다만은…… 시간이 부족해 보입니다."

"허헛. 내 현령이 되기 전 소문이 자자했던 그대를 기억하고 있네. 그대의 식견이 높음은 이미 북경에 유명했던 이야기이지."

우현령의 능력을 인정한다는 뜻이다.

그의 말대로 황제가 나서만 준다면 관과 무림이 합심하여 마교를 이겨내는 것도 꿈만은 아니었다.

실현 가능한 방안이 되게 되는 것이다.

다만 황제는 우현령의 뜻과 방안을 들어주기 이전에 자신의 궁금증을 해결해 보려 하는 듯했다.

"모든 일에서 물러나, 현령 자리에 만족하던 그대가 이리 나서게 된 이유는 무엇인가?"

"제국을 위해서이지요."

"하핫. 농이 지나치군. 현령의 자리는 낮은 자리는 아니나…… 한직이라고 할 수는 있는 자리인 터."

황제가 보기에는 현령의 자리가 그리 보이던가? 하기야 제국을 다스리는 것과 현 하나를 다스리는 것은 그 규모부터가 달랐다.

한직이라면 한직일 수밖에 없었다.

황제가 진지한 눈빛이 되어 다시금 물었다.

"아무리 마교가 날뛴다 하더라도 그대는 자신의 몸 하나 정도는 지킬 수 있었을 걸세. 진실 된 이유가 무언가?"

"……인연이란 것이 무섭더군요. 작기만 할 것 같은 인연이 저를 이리로 이끌었습니다."

진실이다. 황제는 그 정도는 느낄 만한 눈은 가지고 있었다.

"인연인가. 인연이라…… 인연이 한직에 만족하던 그대를 이끌고 어지럽던 황실을 움직이게 한다라……"

"생각 이상으로 힘을 가진 것이 인연이더군요."

"운명일지도 모르겠지. 허헛. 운명일지도……."

황제가 제대로 움직이기 시작했다.

우선은 북경을 정리하는 것이 그 행보의 시작이었다. 책임자는 자연스레 일을 제시한 우현령이 된 터.

그는 이제 한직의 현령이 아니라, 황제의 눈과 귀를 대신하는 대신의 자리에 있는 것이나 다름없었다.

왕정과의 인연으로 말미암아, 어지럽던 황실에 실망을 느끼던 그가 본격적으로 움직이기 시작한 것이다.

황제와 황실의 눈을 어지럽히던 자를 숙청하려, 동창이 움직이는 것은 당연한 일인 터.

"……어려운 길이로군."

마교에 물든 자를 처단하던 와중에 그의 친우를 숙청하게 될 것은 이미 예상한 일이었다.

아주 어려운 일이었지만, 결국 해낼 수밖에 없는 터.

인연으로 말미암아 오래된 인연이었던 친우를 숙청하고, 뇌물에 물든, 색에 물든 자를 처리하며 그가 나아가기 시작한다.

제갈운, 관언으로서는 생각지도 못한 황실이라는 곳에서 마교를 처단하는 데 도움이 되는 움직임이 있었다.

第十一章

이동과 설득

그녀의 지낭은 중원 제일이라는 소문이 난 지 오래다.

얼마 되지도 않는, 무력도 그리 높지 않은 정의방 사람들을 데리고서 녹림도 막아내는 그녀이니 그 명성이 오르는 게 당연하잖은가.

그러니 자연스레 그녀의 발언권은 클 수밖에 없었다.

왕정의 계획을 듣고, 보완한 그녀는 바로 다음 행보를 이끌어 나아갔다.

"한 번에 하나를 움직여서는 힘든 일이 되겠지요. 그러니 우리 또한 다채롭게 움직여 주어야 합니다."

"다채롭게 말입니까?"

"예. 사혈련주를 막는 것은 물론이고, 그 이상을 해내야겠지요."

"그 이상이라⋯⋯."

그녀는 단순히 상황에 대응하는 것만으로 만족하지 않았다. 아니, 못했다.

제갈혜미는 단번에 모든 상황을 끝내려는 기세였나.

사혈련, 녹림, 무림맹, 실혼인까지. 그 모든 일을 한 번에 처리하려 하고 있는 것이다. 아주 어려운 일이나 그녀는 가능할 듯 보였다.

처음의 행보는 설득에서부터 시작이 되었다.

우선은 호북부터였다.

호북을 통해서 하남을 지나 안휘로 갈 예정이다. 최종 목적지가 여전히 안휘가 되기는 하겠지만, 다 설득을 위해서 하남까지 돌아가는 게다.

호북에 있는 문파는 무당과 제갈세가.

제갈세가의 경우 현재, 무림맹과 함께하고 있지 않은가. 정예병력이라 할 수 있는 자는 이미 빠져나간 지 오래다.

하지만 사천의 일을 보면 알 듯 오대세가와 구파일방은 단순히 정예병력이 다가 아니다.

지역을 기반으로 나오는 뿌리가 중요했다.

"아버지는 가셨다고 하더라도, 저희 숙부는 만날 수 있을 겁니다. 그를 통해서 지원군을 받을 수 있겠지요."

"중소문파의 지원군 말입니까?"

"예. 사혈련 정예를 상대로 큰 힘을 발휘하기는 힘들어도 방어선을 구축하게는 해 줄 수 있을 겁니다."

제갈세가에는 정의방의 방주로 이름을 높인 정우가 가게 되었다.

정우가 주는 무게감이 현재로서 적은 것도 아닌 데다가, 제갈혜미가 따로 서찰도 적어주었으니 제갈가를 설득하는 것은 문제가 없을 게 훤했다.

다른 누구보다도 가장 우호적인 곳이 제갈세가이기도 하였으니까.

"약간이지만 문제가 될지도 모를 곳은 무당이겠지요."

"설득이 어려울까요?"

"현재로서는 무당은 중립적이기는 하니까요. 아무래도 현재의 대에서 무당검이 나오지 않은 것이 문제겠지요."

무당은 태극권으로도 유명하지만, 대대로 이어지는 무당검도 중요한 존재였다. 그와 함께 매화를 상징하는 매화십사수도 중요한 존재인 터.

때로 무당의 상징이 되기도 하며, 실질적 무력이 되기도 하는 자들이 바로 이들이었다.

태극권을 대성한 자야, 대대로 배출된 자들이 아니니 넘어간다 치더라도 문제는 무당검과 매화십사수였다.

이번 대에는 그 둘이 제대로 구성되지 않았다고 할 수 있는지라 무당이 두문불출하고 있는 것이다.

"그나마 현청운 장로가 왕정님께 우호적이기는 하지만…… 우호적인 것과 실세 행동은 다를 수 있으니까요."

"문파라는 게 한사람의 호감으로 움직일 수는 없으니 당연한 이야기겠지요. 흐음……."

당장에 무력이 그리 높지 않을 수도 있는 무당파였다. 완성된 무인이 적다면 적은 상태이니까.

전대의 무인들이라도 나서준다면 혹 모를 일이다.

하지만 전대의 무인들은 무림맹, 나아가서는 무림 자체가 위험할 때에야 나서주는 존재가 아니었던가.

당장 사혈련을 막기 위해서 나서 줄지는 모를 일이다.

"우선은 부딪쳐 보아야겠죠. 당장 우리끼리 이야기를 한다고 될 일도 아니니 말이지요."

"예. 저와 왕정님 둘이 가면 되겠지요. 그리고 아영 소저는 미리 이야기한 바가 있으니 아시겠지요?"

"본가에 가라는 거지?"

"예."

금운철가의 금지옥엽인 철아영이다.

현재 사천당가가 봉문을 하였으니, 어쩌면 당가를 이어 중원 오대세가가 될지도 모를 철가의 자식인 것이다.

그녀가 나서준다면 금운철가를 설득하는 것 정도는 쉬이 될 일이다. 또한 이 설득은 꽤 중요한 일이기도 했다.

철아영을 제외하고, 많은 이들이 두문불출하는 성격을 가진 금운철가인지라 전력을 꽤나 보존한 터다.

그들이 나서면 무림맹, 나아가서는 정파에 크게 도움이 될 것이 분명했다.

"그럼 난 먼저 움직이도록 할게. 잘해야 안휘에서 만나겠네."

"시일이 촉박하기는 하겠군요."

"헤에…… 뭐 무림맹에서도 열심히 뛰었었으니까. 그럼 먼저 갈게."

그녀가 경쾌한 박자를 가지고 움직이기 시작한다. 북쪽에 있는 철가로 가기 위해서는 꽤나 부지런해야 할 게다.

"우리도 움직이지요."

현청운 장로를 만나는 데는 제갈혜미의 신분이 아주 잘 먹혀들었다. 당장 이름이 높은 그녀의 요청을 거절할 자는 무림에 몇 안 되기는 할 것이다.

"오랜만에 뵙습니다."

삿갓을 써 자신의 얼굴을 가렸던 왕정은 현청운 장로를 만나고서야 자신의 정체를 밝히었다.

그는 오랜만에 왕정을 만나는 것이 반가운 듯했다. 빙긋 웃는 표정이 증거였다.

"허헛. 소협은 여전하군. 그나저나 아직 무림 공적이 아니라곤 발표가 안 나지 않았던가?"

"그거야 그렇기는 하지요. 아직 공적은 공적이죠."

"허허. 그럼에도 잘 돌아다니누면."

"막는 자가 없더군요."

"사천당가를 무너트린 자이지 않은가. 부나방들이 덤벼들기에는 급이 오른 것이겠지. 허허."

왕정을 인정하는 것이다.

하기야 왕정이 공적이 되기 이전부터 몇 번 배려를 해준 현청운 장로다. 실제로 그가 공적이 되던 당시 반대를 하던 자가 그이기도 하고.

그런 그의 인정이니 왕정은 기분 좋은 표정으로 그의 배려를 받아 들었다.

"과장이 좀 있는 것이겠지요. 독곡의 사람들이 없었더라면 저 혼자서는 힘들었을 겁니다."

"자네라면 무슨 수를 쓰든 썼겠지. 그래. 무당에는 무슨 일인가?"

"무당의 검을 필요로 하게 되었습니다."

"무당의 검이라······ 현재 무당의 검은 아직 완성이 되지 않았네. 반쪽이지."

매화십사수는 십사명의 매화검수가 모여야 했다. 그것을 떠나서도, 무당검이라는 상징적인 자리도 아직 차지 않았다.

내정된 자들은 있지만 그 실력이 장로들이 보기에 모자란 상황. 무당은 온전한 힘을 가지고 있다 하기 힘들었다.

그럼에도 요청을 할 수밖에 없는 입장인 왕정이다.

"무당의 모든 힘을 동원해 주실 수는 없겠지요. 하지만 세월의 힘이 있지 않습니까?"

"세월의 힘이라······ 허헛. 무당을 거덜 내려 하는구먼?"

오랜 세월 뻗쳐 온 인맥과 힘. 그것이 제대로 발휘되면 일개 문파 이상의 힘이 나오게 된다.

사천당가만 하더라도 그 힘을 잘 보여주지 않았던가.

그들이 오판을 하지 않고, 모든 힘들을 잘 규합하기만 하였어도 패배하는 쪽은 당가가 아니라 왕정이 되었을 것이다.

결국 오대세가나 구파일방의 최대의 힘은 지역을 기반으로 한 힘인 것이다.

그러니 현청운이 왕정에게 무당을 거덜 내려 하는 것이냐고 농을 할 수밖에.

"상황이 수상하니 어쩔 수 없지 않겠습니까?"

"그야 그러네만…… 과연 다른 장로들도 설득이 될지는 모르겠군."

"장로님께서 나서주시면 안 될 일은 아니지 않겠습니까?"

"내 얼굴에 금칠을 다 하는구먼."

젊어서부터 인성이 바르기로 소문난 현청운 장로다. 왕정에게 힘을 실어주던 과거의 모습만 보아도 알 만하지 않은가.

타고난 바른 인성 덕분에 그를 따르는 자가 무당에서도 다수다.

그가 제대로 힘을 써준다면야, 무당이 나서는 것도 불가능한 일은 아니다.

"부담스러운 일이기는 하나…… 정파를 위해서 해야 할 의무와 같은 일인 터. 내 최대한 힘을 써 보겠네."

"부탁드리겠습니다."

완전한 설득은 아니다.

하지만 무당에 현청운 장로에게 부탁하는 것을 제하고는 달리 수도 없지 않은가.

'이제부터는 기도밖에 남은 것이 없나.'

제갈세가에 갔던 정우가, 제갈가의 도움을 받아 오는 것으로 호북성에서의 일은 전부 끝이 났다.

설득을 위한 첫 걸음을 내디딘 것이다.

다음 행보는 예정대로 하남으로 이어졌다. 이번에는 제갈혜미와 왕정이 아닌, 다른 이가 나서야할 차례였다.

　소림사야 개방의 방주가 직접 나서 모든 전력을 동원하도록 이미 설득한 터.

　정파 무림의 중심지라 할 수 있는 하남에서 소림사를 제외하게 되면 결국 남는 곳은 하나다.

　바로 무림맹이다.

　관언이 많은 무림맹 무사들을 이끌고 간 지 오래. 하지만 그들에게 남은 힘은 아직 있었다.

　적어도 무림맹주의 직계라고 할 수 있는 제자들과 그들이 이끌고 있는 무력대의 힘은 남아 있는 것이다.

　그 힘만 하더라도 어지간한 중소문파는 쉬이 무너트릴 수 있는 힘.

　그들이 가세한다면 사혈련을 막아내는 데에 큰 도움이 될 것은 분명했다.

　문제는 그들이 무림맹주의 얼마 남지 않은 지지기반이라는 것이었다. 그들의 전력이 빠져나가게 되면 무림맹주로서는 알맹이만 남게 되는 상황이 오게 될 것이다.

　그럼에도 요청을 해야 했다.

　"……왔느냐?"

무림맹주 이철원.

길림성주의 자식으로 소림의 제자가 되어 무림맹주에까지
오른 그가 조금은 씁쓸한 표정으로 이화를 바라본다.

그럼에도 표정 한켠에 작게 남아 있는 반가움이란 것은,
부모로서 자식을 보았을 때 어쩔 수 없이 나오는 반가움이
리라.

이화와 무림맹주는 부녀 사이인 것이다. 알 만한 사람들은
모두 알지만, 쉬쉬하는 사실이었다.

"……예."

"올 때가 되었다고 여겼다. 하지만 좋아서 온 것은 아니겠
지. 후후."

"……."

대답을 바란 것은 아니었던가. 이철원이 홀로 이어나간다.

"어미가 죽고 나서부터 소홀해졌던 것인지, 내가 무림맹에
만 집중을 해서 소홀해졌던 것인지를 모르겠구나……."

"……."

"언제나 그러했지. 너는 침묵하고, 나는 물었다. 그럼에도
답은 나오지 않았어. 허헛."

맹주는 가정에는 성공하지 못했다. 좋지 못한 가정사를 만
들게 된 것이다.

젊은 혈기에 무림맹주로서 제대로 된 무림맹을 이끌겠다는

일념이 가정에 빚은 비극이라면 비극이었다.

천하의 무림맹주도 일과 가정의 양립에는 실패한 것이다.

헌데 가정을 반쯤 포기하고도, 얻은 결과가 얼마 남지 않은 제자들과 무력대라니. 조금은 허무한 결과였다.

덕분인지 무림맹주 이철원의 표정에는 세월의 풍상이 제법 박혀들어 있었다. 요 몇 년 사이 새겨진 고뇌의 흔적이었다.

'마지막 남은…… 딸이지 않은가.'

가족이다. 버릴 수 없는 존재며, 피가 이어진 존재다. 밉든 좋든 자신이 이끌어야 할 존재기도 했다.

그동안 신경을 써주지 못하였으니, 이제라도 아버지로서 딸아이를 돕는 것이 속죄라면 속죄가 되어 줄 터.

완벽하지는 않지만 미리 준비를 하기는 한 맹주였다.

"……정의대주 완헌이 이미 준비를 해 놓았다. 그대로 이끌고 가면 될 것이다."

"……감사합니다."

여전하기는.

안 그래도 조용한 성격의 딸아이는 여전히, 조용하다 못해 침묵에 가까운 아이였다.

모든 일이 끝났으니, 물러나려는 딸아이에게 이철원이 나직하니 말했다.

"노년이 되니 조금은 외롭기는 하더구나. 그러니 한 번씩은 와 주면 좋겠구나. 허헛······ 부족한 아비이기는 하나. 아비이지 않느냐?"

"······예, 아버지."

생각지도 못한 답이었다.

"허헛······."

바로 답을 해 줄 줄 몰랐던 딸이, 납을 해주자 이칠원이 너털웃음을 지어 보인다. 기대치 못한 선물을 받은 듯 꽤 기뻐 보였다.

"고맙구나. 고마워. 멀리 나가지는 않으마. 몸을 보중하도록 하거라."

"예."

"다음번에는 그 녀석도 데려오도록 하고! 딸아이의 마음을 빼앗았으니 한 번 더 확인해봐야 하지 않겠느냐? 하핫."

"······."

부끄러운 것인가.

어려서부터 도무지 부끄러워할 줄 몰랐던 이화가 얼굴이 빨개지며 고개를 숙인다. 결국 그녀의 약점은 왕정인 것이다.

그녀가 아무런 말도 하지 않은 채로 꾸벅 인사를 하고는 물러난다. 여전히 얼굴이 빨개진 채였다.

맹주실에 홀로 남은 그가 조용히 읊조려 본다.

"허헛······ 딸자식 키워봐야 하나도 소용없다더니······ 저

아이가 저리 변하다니. 허무하구먼."

어리기만 하던 아이가 성장했다. 침묵으로 세상과 단절하던 아이에게 어느새 좋아하는 이가 생겼다.

그것이면 충분하지 않겠는가? 남은 속죄는 앞으로 하게 되면 될 일일 터.

"오랜만에 후련하군……."

세월의 고뇌를 잔뜩 새긴 그의 주름 사이로, 작은 웃음이 지어지고 있었다.

*　　*　　*

"아가씨!"

"오랜만이네! 어서 아버지에게로!"

"예, 옙!"

열심히 북을 향해 달려 나간 철아영은 당장에 철가의 정문부터 박차고 들어갔다.

그녀의 급한 성질을 모르는 사람은 세가 어디에도 없는지라, 그녀가 안내를 받는 것은 순간이었다.

"아버지!"

"오자마자 소란이더냐?"

"헤헤."

철가에 있으면서도 딸아이의 소식을 구준히 들은 철가의 가주다.

정의방이라는 곳에 들어가면서 지원을 부탁하길래, 반쯤은 걱정을 했건만 딸아이는 생각 이상으로 잘 해주었다.

명성을 끌어 올렸고, 그 명성 덕분에 철가의 명성도 함께 상승했다.

'이대로라면……'

철가가 잠시 지워져 버린 당가의 빈자리를 차지하고 중원의 오대세가로 발돋움하는 것도 꿈은 아니었다.

그 준비를 하기 위해서 꽤 분주히 움직이고 있는 가주기도 했다.

"이번에는 또 무엇을 바라느냐?"

"헤에…… 역시나 아버지가 나서주셔야 일이 해결이 된다니까요?"

"흐음. 오래도록 본가에도 오지 않던 녀석이 올 때마다 부탁이로구나."

"어쩔 수 없지요. 아직은 한창 성장할 딸이잖아요?"

"예끼! 이미 다 큰 지 오래잖느냐."

말은 힐난이지만, 표정만큼은 딸아이인 철아영이 예뻐 죽겠다는 표정이다.

하기야 무림에서야 거인(巨人) 중 하나로 유명한 그이지만,

세가 내에서는 팔불출로 소문이 난 그이지 않은가.

제 어미를 똑 닮은 철아영이니, 그가 어여삐 여기는 것도 당연했다.

"어떤 걸 원하느냐? 실혼인? 아니면 안휘?"

"저희 철가야 북쪽에 있으니 실혼인을 처리해 주면 감사하지요."

"흐음…… 꽤 어려운 일을 부탁하면서도 당당하구나?"

"철가가 오대세가로 올라서기 위해서라도 꼭 필요한 일이잖아요?"

"……잘 아는구나."

딸아이는 언제나 이런 식이었다.

경박스러워 보이는 가운데에서도, 정확한 통찰력을 가지고 있는 딸이다. 역시 아비의 속내를 이미 알고 있었다.

"아버지라면 당연히 그리하실 거라고 여겼으니까요."

"뭐…… 그렇기는 하다. 네 부탁이 아니더라도 나설 생각이기도 하였고."

"역시!"

철아영은 자신이 생각이 맞아들었다는 것이 꽤 기쁜 듯했다.

"허나…… 실혼인이 생각보다 많기는 하더구나. 아무리 철가가 나선다고 하더라도 모두 제압은 힘들 듯하다."

"그거야 저희가 안휘를 정리하고 도와드려야겠지요."

사혈련주가 직접 나섰다는 소식은 이미 무림에 파다하게 퍼진 지 오래다. 그럼에도 철아영은 쉬이 처리할 수 있다는 태도다.

"허허. 그놈을 믿는 것이냐?"

"뭐 믿기도 하고, 아니기도 하지요."

"믿기도 하고 아니기도 하다라. 애매하구나?"

"후후. 아직 어느 쪽일지 모르겠으니까요."

"흐음…… 그래? 정의방에 정우란 놈과 왕정이라는 놈이 있었지. 그 둘이라…….

둘 중 하나가 사윗감이 될 수도 있는 것인가?

왕정과 정우 둘 모두 생각도 하지 않고 있는 부분임에도, 가주는 이미 정해진 일이라는 듯 꽤나 진지한 표정이었다.

김칫국부터 마시는 상황. 하지만 철아영이라면 둘 중 하나를 어떻게든 쟁취해 낼지도 몰랐다.

"이 아비는 이왕이면 정우라는 놈이 땡기더구나. 이야기를 들어보니 꽤 괜찮아."

"헤에…… 참고는 하도록 하지요. 어쨌든! 실혼인은 부탁드릴게요. 책임져주실 수 있죠?"

"책임이랄 것까지야…… 최선은 다해 보도록 하마. 너부터 어서 정리를 하고 오도록 하거라."

"예이! 그럼 다시 저는 안휘로 가도록 하지요."

제갈세가, 무당, 무림맹, 금운철가, 소림. 그 모두가 움직이고 있었다.

거기에 더해 움직이는 자들이 있었으니, 왕정이 인연의 씨앗을 뿌려 움직이게 된 자들도 분명 있었다.

"어서 가지요."

"예. 어느 쪽이든 막아야겠지요."

어지럽기만 하던 사천을 정리하는 데 성공한 아미의 여승들.

그녀들은 사천 무인들을 통합하고 청성을 상대로 설득을 하여 사천의 무인들과 함께 움직이기 시작하였다.

왕정이 나서기 전부터 무림맹 관언에게 힘을 실어주던 아미가 아니던가. 게다가 사천의 일로 꽤 전력이 낮아지기도 한 상황.

그럼에도 그녀들이 최선을 다해 나서는 것은 정파의 무인으로서, 또한 왕정과의 소중한 인연을 지키기 위해 나서는 것이 분명하였다.

"가볼까……."

그리고 먼저 움직이는 여승들의 뒤로 점창파도 운남에서부터 정파를 위하여 분주히 뒤를 따르고 있었다.

第十二章

제압을 하다

묘하게도 모두를 움직이게 하는 데 큰 공을 세운 제갈혜미
는 다른 이들과 다른 방향으로 움직이게 되었다.

　"저는 먼저 올라가서 준비를 하도록 하겠습니다."

　"예. 맞아 떨어져야 할 텐데 걱정이긴 하군요."

　"그곳이 아니고서야 그들도 달리 올 수가 없을 겁니다. 그
러니 그곳부터 움직여야겠지요."

　그녀는 예측을 해내었다.

　지금까지 취합한 정보를 조각 삼아서 큰 밑그림을 그린 데
성공한 것이다.

　그녀의 예측에 의하면 그녀는 지금 이곳이 아니라, 북으로

올라가 있어야 했다. 실혼인 때문이 아니라, 그 이상을 대비키 위해서다.

"그럼 믿겠습니다."

"예. 미리 준비하고 기다리고 있도록 하겠습니다."

그녀가 자신이 이끌 몇을 더하여 북으로 올라간다.

왕정은 그녀의 뒷모습을 한참 보다, 이제 곧 며칠 후면 만날 수 있을 안휘 남쪽을 향해 움직이기 시작했다.

안휘의 상황은 절망적이진 않았다.

남궁가의 무사들이 제때 돌아왔으며, 남궁가 주변으로 있는 중소문파의 힘도 약하지가 않았다.

물론 전체 전력을 놓고 보면 사혈련주가 이끄는 사혈련에 부족하기는 했다.

허나 그들은 지형지물을 이용할 줄 알았으며, 안휘에 있는 양민들의 도움을 받을 줄을 알았다.

단합된 모습을 보였고, 부족한 힘은 환경으로 메꿀 줄을 알았다.

자신들이 쌓아 온 저력을 제대로 보여주는 남궁가의 모습은 때때로 구파일방을 제치고 최고 문파로 등극하곤 하던 힘이 있는 남궁가이기에 가능한 모습이었다.

"답답하군."

"괜히 안휘는 아니잖습니까. 단 하나의 문파로도 사파의 공세를 버티던 곳이니 그만큼 상징성이 있지요."

"흐음…… 고작해야 남쪽 어귀 정도를 차지한 셈인가."

자신이 나섰음에도 이 정도 성과라니. 꽤 부족한 성과이지 않은가.

안휘 전부를 밀어붙이지는 못하더라도, 확실하다 싶은 타격은 줘야 했다. 그래야만 련주로서의 자리가 위태롭지 않았다.

'헌데 지금 상황은 뭔가.'

돌파를 할 수 있을 듯, 없을 듯한 애매한 상황이다.

그만큼 남궁가를 중심으로 한 안휘 무사들이 줄다리기를 잘하고 있는 것이다.

"남궁가주에게 보낸 서찰은 어찌 되었나?"

"전달은 제대로 된 듯싶습니다만은…… 지금껏 답변이 없다는 것은 거절이지 않겠습니까?"

"의외군."

그가 보낸 제안은 일기토에 대한 제안이었다. 희생을 크게 할 것도 없이 련주와 남궁가주가 붙자는 단순한 제안.

받아들일 줄 알았던 제안이었건만 검의 제왕을 자처하는 남궁가는 의외의 선택을 했다.

"그들이 그리 실용적인 성격이었던가? 소림 이상의 자존심을 가진 자들이 아니던가."

제왕의 가문이었던 남궁가다. 왕족이었던 시절도 있을 정도
이니, 그들의 자존심은 고매하기 그지없었다.

자존심하면 남궁이며, 남궁하면 자존심이라는 우스갯소리
도 있을 정도지 않은가.

그런데 그들이 무언의 거설을 하다니.

검의 제왕을 자처하는 남궁가주가 아닌가. 상황이 우습게
돌아가고 있었다.

"그들 입장에서야 명분은 충분치 않겠습니까?"

"이미 예상을 하고는 있겠으나…… 련이 기습을 한 것이라
면 기습. 그걸 명분으로 사용하는 것이로군?"

"련의 학사들은 그리 판단하고 있습니다."

"흐음……."

어렵게 포장을 했지만, 결국 명분대신 실리를 택했다는 소
리다. 사혈련주 입장에서는 젠장할 상황인 셈.

결국 수를 써야만 했다.

획기적인 전략으로 남궁가가 있는 안휘를 물리치거나, 그도
안 되면 어떤 성과라도 내야 하는 상황이다.

"제운산(齊云山)에서 황산까지 얼마나 걸릴 듯싶은가?"

"삼 일 이내면 되지 않겠습니까?"

"흐음……."

"그곳에서 결판을 내야겠군. 실리를 택한다면 그에 맞는 수를 쓰는 게 맞는 것이겠지. 판을 벌여야겠어."

사혈련주가 북으로 향하니 남으로 향하는 왕정이 그들과 마주하는 데는 그리 긴 시일이 걸리지 않았다.

련주는 이 참에 확실한 득을 얻으려는 것인지, 황산에 진을 쳤다.

단순히 숙영지를 차린 것이 아니다. 방어라도 할 생각인 것인지 그대로 진을 쳤다. 아주 튼튼한 진이었다.

"대체 무슨 생각이란 말인가?"

호사가들을 포함하여 많은 이들이 궁금증을 가지고 있는데도 그들은 가타부타 설명 없이 일에 몰두할 뿐이었다.

그리고는 무언가를 만들기 시작했는데, 그 모양이 정사각형으로 네모반듯한 것이 딱 무언가가 떠오를 만한 모양이었다.

"대련장이란 말인가?"

"흐음. 사혈련주가 남궁가주에 대련을 신청했다는 소문이 사실이었던 건가?"

남궁가주는 분명 사혈련주의 제안에 무언으로 거절을 했다. 사혈련주가 남궁가주의 뜻을 못 알아들을 리 없다.

그런데 지금 만들어지고 있는 이 대련장은 무언가?

순식간에 만들어지고 있지만, 누가 보아도 성대하게 만들어지는 것이 꽤나 대단한 대련장의 모양새가 아니던가.

"꼼수로군."

"가주님께서 가실 수밖에 없게 만드는 것이겠지요."

대련 대신 치열한 방어전을 펼쳤던 남궁가주다. 상대도 그 뜻을 알아들었나 했더니, 대련장이라니?

성대히 무대를 꾸려 놓았으니 오라는 태도다.

"가서 이겨야 본전이겠지."

"사혈련주가 사파 무인치고는 명예를 숭상한다지만 그래 봤자 사파 아닙니까."

남궁가주가 설사 이긴다 하더라도, 사혈련주는 공세를 계속할 것이다.

사기가 좀 떨어지기는 하더라도 그들은 모두 사혈련주의 수족 같은 자들이지 않은가. 사기가 떨어지는 효과도 미미할 것이다.

이긴다고 해도 본전도 못 찾을 확률이 높았다.

"가지 않게 되면…… 남궁가의 명예는 땅에 떨어질 것이고."

"허헛. 그걸 노린 거겠지요. 판을 벌였는데, 주인공이 오지 않게 되면…… 그 뒷일이야 뻔하잖습니까?"

"재밌군. 재미있어. 련주 나름대로 묘수를 짜낸 것이지 않은가."

"그들도 전략가가 있긴 있나 싶었는데, 아주 없지는 않은 듯합니다."

"하핫. 그렇지. 그래도 왠지 이번엔 한 수 떨어지는 느낌이 없지 않아 있구먼."

가서 이겨도 본전은 챙기지도 못하며, 지게 되면 남궁가주로선 피해가 컸다.

그렇다고 도망가는 모양새는 더욱 좋지 못하니 선택권이 있으려야 있을 수가 없는 상황이지 않은가.

그럼에도 의외로 남궁가주의 표정은 평온하기만 하였다.

"사혈련주로서는 썩 머리를 쓰기는 하였지만, 상황이 아주 재미있게 돌아가는군."

"후후. 왜 아니겠습니까? 무대에 들어설 자가 예상 외의 사람이니, 그들도 놀라겠지요."

이미 많은 이야기가 오고간 뒤다. 대련장이 만들어졌다 해서 남궁가의 가주가 굳이 올라갈 필요는 없지 않은가.

그가 아니더라도 자리를 밝혀줄 자는 따로 있었다.

*　　　*　　　*

판을 벌렸으니, 그 판에서 널뛰는 것은 당연한 이야기.

문제는 그가 생각한 판의 주인공이 아닌, 다른 이가 판의 중심에 자리 잡았다는 것이 문제가 될 것이다.

좌(左)에는 사혈련주, 우에는 왕정이 련주가 마련한 무대에 서 있었다.

"자네는 생각지도 못하는 곳에서 불쑥 나오는군?"

"하핫. 어쩌다 보니 그리 되었습니다."

"흐음…… 남궁가주를 초대하였더니, 무림공적이 그를 대신해서 나온다라. 재미있군."

자신들이 공적으로 만들어 놓고는 대표로 내보내다니. 어떤 명분을 사용해다 썼는지는 몰라도 재밌는 조합이다.

"그대는 정파 무사라기보다는 정사지간의 무사이지 않은가?"

"뭐…… 굳이 표현하자면 그렇기는 하지요."

"그럼에도 묘하게 사파와 부딪치는 경우가 많기는 하군."

"그 또한 어쩌다 보니 그리 되는 거 같습니다."

"하핫. 그래. 더 무슨 이야기가 필요하겠는가. 오게나."

기수식을 취하지도 않는 사혈련주다. 왕정을 자신의 하수로 보고 있는 것이 분명하였다.

'빈틈이 없군. 대단한데?'

하기사 몸뚱이 하나로 사파를 통일해 낸 영웅이지 않은가.

기수식이 아닌 자연체로 있어도 그는 틈이 없었다.

'그래도 전보다는 낫다.'

그를 처음 보았던 때. 압도적인 기세에 몸을 움츠렸던 왕정이다.

몸이 떨릴 정도의 기세. 그것을 가진 자였다. 무림맹주와는 또 다른 의미로 강함을 보였던 이가 바로 사혈련주였다.

그런데 지금은?

할 만해 보였다. 한 끗, 아니 두 끗? 밀리는 감이 전혀 없는 것은 아니지만 전보다 나았다.

그에게 대항할 수 있는 수가 안개에 걷힌 듯, 하나 둘씩 보이고 있었다. 그것을 눈치챈 것인가?

"호오……."

왕정을 보며 작은 신음과 같은 소리를 내는 련주다.

"갑니다!"

서로의 판단이 끝났으니 남은 것은 대결이지 않은가.

왕정은 그가 대비를 할 시간을 주지도 않은 채로, 바로 달려들었다. 련주가 양보한 선공을 취한 것이다.

번쩍—

전설의 이형환위정도는 못 됐다. 그렇다 해도 왕정이 움직인 자리에는 분명 잠시지만 신형이 남았다.

"멋지군!"

그에 부딪치는 련주는 아직 여유가 있는 것인지, 왕정의 주먹을 쉬이 받아들였다.

순식간에 몇 합이 오고 갔다.

왕정의 주먹과 어느샌가 빼어든 련주의 설려도가 서로를 가르려는 듯 쉼 없이 오고 가는 상황이다.

"좋은 수. 허나 독공은 쓰지 않는 건가?"

"그럴 리가요!"

스으으—

암기처럼 다가온 왕정의 독구가 어느샌가 련주의 뒤를 노리고 있었다.

"좋군!"

그가 왕정의 독구를 환영이라도 하는 듯, 뒤에서 날아 온 독구를 오로지 감만으로 피해낸다.

기감을 넘어서 육감을 가진 듯, 그는 모든 방위를 파악한 지 오래였다.

"그대의 특기는 내 이미 파악한 지 오래인 터."

"그렇습니까?"

하기야 많은 경험을 쌓아 온 왕정이다. 그가 많은 경험을 해 온 만큼 다른 이들에게 왕정에 대해 알려진 것도 많을 터.

그에 대해 알려진 것은 당연한 이야기일 게다.

"얕은 응용은 그래 봐야 얕을 뿐이네. 진정한 힘 앞에서는 무너질 뿐이지."

한줄기의 가르침이라도 내려 줄 생각인가.

고오오오—

순식간에 달아오르는 그의 기세는 왕정 그 자체를 압도하고 있었다.

"미친……."

처음 자신을 보았을 때 보였던 기세는 장난이기라도 했단 말인가.

분명 해볼 만하다고 여겼던 련주가, 그 누구보다 거대해 보였다. 해볼 법하다는 생각 자체가 지워지는 기분이었다.

아득해진다.

그는 확실히 사파를 대표하는 련주다운 기세를 가진 자였다!

—정신차려라!

"억."

기세 그 자체에 압도당하는 게 얼마만이던가. 아니, 그런 경험이 있기야 했었던가.

응용 자체를 파훼한다는 압도적인 힘이 무언지 알 만했다. 왕정의 수가 얕다는 그의 발언은 분명 허언만은 아니었다.

하지만—

왕정 또한 분투하며 여기까지 올라온 존재이지 않던가.

여기에서 무너질 것이었다면, 애시당초 이 자리에까지 오지도 못했을 것이다. 이딴 어려움 따위는 이제 어려움도 아녔다.

'한 보.'

정기세를 돋우며, 정신을 차리기 위해서 한 보를 내딛는다.

지금의 일 보는 사혈련주의 기세에 못 이겨 자신도 모르게 물러났던 걸음을 다시 내딛는 것이기도 하였다.

다시 한 보.

'무너트린다.'

그를 죽이겠다는 기세를 불러일으킨다. 사혈련주의 아득할 만한 기운에 피하기는커녕 맞서기 시작한다.

죽인다. 죽인다. 죽인다—

무너트리겠다. 그 정신을, 그 고매해 보이는 무공을, 련주라는 자의 힘을!

오롯이 눈앞의 련주를 물리치겠다는 일점의 집중을 한다.

련주에 비해서 부족할 수 도 있는 기세를 혈기를 담아 더욱 크게 불러일으킨다.

—좋구나!

마지막에는 믿음을 담는다.

죽인다는 기세, 지지 않겠다는 걸음. 그 마지막에 독존황이 주었던 믿음과 가르침을 담는다.

천하를 호령하였던, 천하제일의 독인이 되었을지도 모를.

아니 이미 천하제일의 독인인 자신의 할아버지로부터 모든 것을 배웠던 자신이지 않은가.

하나밖에 없는 전인이며 동시에 하나밖에 없는 가족, 그에게 모든 비기를 이어받은 자신은 왕정이자 동시에 독존황이다.

그 일수—

신의 한 수였던 일 수가 현세에 다시 도래한다.

"좋은 수!"

점창의 하운성을 물리치던 그 한 수가 련주에게는 단지 좋은 수밖에 되지 않는가? 아니 그럴 리가 없다.

단 한 수기만 할 것 같았던 신의 한 수가 단 한 수로 끝나지 않고, 계속해서 이어지게 되면 어찌 될 것인가.

그 자체가 신이 아닐까?

연독기공을 기반으로 한 독인, 그 이상을 넘어 그 무언가에 도달하는 것은 아닐까?

깨달음인가? 아니다.

아니 그러면서 동시에 깨달음이기도 하였다.

련주와 어울리며, 련주의 검과 노니며 왕정은 한 수, 한 수의 깊이가 달라지고 있었다.

아니 그 자체가 무신이라도 된 듯 더 높은 곳으로 위로, 위로 올라가고 있었다!

"갈!"

깨달음이며, 동시에 자신의 몸에 깨달음을 각인시키는 행위다. 무아지경이다.

그 무아지경을 막아 보려, 왕정에게 외쳐보지만 오히려 그런 그의 외침은 왕정의 무아지경을 깨기는거녕 그 반대의 효과를 낳았다.

애시당초 무인의 깨달음이라는 것이 무인의 일갈—한번에 무너진다는 것이 더욱 웃긴 이야기지 않은가.

왕정은 더욱 침잠되어 갔다.

'세상 모든 것이 독이라고 하더니……'

그는 이미 사혈련주와의 대련장에 있지 않았다. 그의 정신은 그 이상, 그보다 더 높은 고매한 그 어떤 곳에 있었다.

'세상은 독, 독이 곧 세상.'

그는 독존황이 그에게 쉼없이 말하고 반복했던, 연독기공의 모든 것을 음미하고 있었다.

'아니 독이 아닐지도…… 하지만 나는 결국에 독인이니 모든 것이 독으로 느껴지는 것일 터.'

지금 이 순간—

자신이 검객이었더라면 세상 모든 것이 검으로 느껴졌을 것이다.

자신이 도인이었더라면 세상 모든 것이 도로 느껴졌을 것이다. 공이며, 허무를 외치며 신선이 되었을지도 모를 일이다.

자신이 상인이었다면, 사냥꾼이었더라면, 아니 다른 그 무엇이었더라면!

세상은 그 무엇인가가 되어 있을 것이다.

자신이 있는 세상은 결국, 자기 자신으로부터 파생된 무언가!

단지 자신은 인연이 닿게 되어 독공을 익히고, 그 독공으로 말미암아 세상을 해석하게 되었으니 모든 것이 독공으로 보일 뿐이었다.

그때다.

무의식일지도 모를, 자신이 처음 경험하는, 아니 앞으로도 경험하기 힘들 그 무언가를 경험하는 왕정의 앞에 누군가의 신형이 있었다.

처음보는 신형이나 누군지 모를 수 없었다.

—잘 알았구나.

"할아버지?"

자신의 어딘가에 있을, 어쩌면 영으로 이어져 있을 가족. 독존황이었다. 그를 몰라보는 것이 더욱 이상하였다.

그것이 계기였을까?

파사삭—

고매하기만 하던 그 모든 것이 깨어져 나아간다. 세상 모든 것을 독으로 보이게 하던 그 장소가 사라진다.

깨달음이 사라지는 것이냐고? 깨달음이 완성되지 못한 채로 끝이 나는 것이냐고?

아니다.

마지막으로 자신의 할아버지의 진신을 보았던 것은, 선물이었다.

연독기공의 끝. 그 끝에 도달해서야 볼 수 있었던 선물. 처음이자 마지막으로 볼 수 있는 할아버지의 진신인 것이다.

"아아……."

그가 아득한 곳에서 내려와 인세라는 곳에서 정신을 차렸을 때.

"끝……을 내게."

대체 무슨 일이 있었던 것인지, 사혈련주는 끝을 내라 말하고 있었다.

자신의 몸에는 생채기 하나 없건만, 사혈련주의 몸에는 중독의 흔적이 그득했다.

련의 무사들과 대련을 구경하던 정파의 무사들, 정의방 사람들은 귀신에 홀리기라도 한 듯 오로지 둘만을 바라보고 있었다.

"어서!"

"끝이라니요."

"처음부터 이럴 생각이 아니었던가?"

죽일 필요는 없다. 애시당초 죽일 생각이 없었다.

지금에 와서 사혈련주를 죽여서야 세상의 혼란을 원하는 마교에 도움을 주기만 할 뿐이다.

그리 되어서는 안 되었다.

비록 그것이 련주에게는 굴욕이 될지라도.

"후후. 죄송하지만…… 굴욕적이시더라도 살아주셔야겠습니다."

"……살아야 한다는 건가."

"예. 힘드시겠지요. 련주님의 자리를 지켜야 하실 테니까요. 허나 죽는다 해서 모든 것이 끝나는 건 아니잖습니까?"

때로 죽음은 쉬운 길이다. 그가 지금 죽어줘서는 안 되었다. 나중은 모르나 적어도 지금은 아니었다.

"……하. 처음부터 끝까지 그대는 내 말을 한 번도 따라주지 않는군."

"크큭. 제가 청개구리 기질이 좀 있지 않습니까. 승자로서 요구하겠습니다. 사시지요. 그리고 이 혼란을 모두 잠재워 주시지요. 그것이 비록 가시밭길일지라도."

"이렇게 돼서까지 내게 사파를 맡기겠다는 건가?"

"아무렴요! 그렇다고 저 같은 놈이 맡을 수도 없잖습니까? 하핫."

"······후. 자네의 그런 모습이 간극을 갈랐는지도 몰랐겠군."

그가 잠시의 침묵 끝에 한마디를 내뱉는다.

"······알겠네."

끝이 났다. 왕정이 사혈련주를 굴복시키는 데에 성공한 것이다.

정파에게는 그 누구보다 축복일 수밖에 없는 상황.

하지만 사람들은 대체 무엇을 본 것이기에, 환호성도, 기쁨도 표현하지 않은 채로 멍하니 왕정을 바라보고 있는 것일까?

第十三章

그들, 출현하다

"……독왕이었다."

왕정과 사혈련주의 대결을 가장 가까이서 본 자들은 사혈
련의 정예와 정의방 무사들이다.

가장 가까이서 보았기에 가장 잘 알았다.

왕정이 보였던 한 수, 한 수는 무사들이 꿈에나 그리던 신
의 한 수와 같았다.

그리고, 그가 보였던 독공은, 아니 살아 숨쉬기라도 하듯
하나의 생물처럼 움직이던 그것들은 독공이라는 상식 그 자
체를 깨었다.

그것들은 왕정의 수족이라는 이야기 자체가 부족할 정도

였다. 왕정 그 자체였다.

왕정이 날리는 일 수, 일 수에 함께하던 독들은 왕정 그 자체였다.

그의 뜻을 대변하는 대변자였으며, 그의 뜻을 실행하는 실행자였다. 왕정이 독이며, 독이 곧 왕정이었다.

"독으로 그 경지라니……"

독이 무서운 것은 대량학살 때문이다. 독이 두려운 것은 쉽게 강해지기 때문이다.

하지만 무인들은 독을 두려워하며 동시에 천시했다.

'깊은 경지로 갈 수가 없으니까.'

세상에 독인들이 대대로 출현하더라도, 수대에 한 번 정도는 독공의 고수가 나오더라도 독을 천시하는 것은 독에 한계가 있기 때문이었다.

만독불침의 경지까지 가지 못하더라도, 천독불침, 백독불침.

하물며 해독제만 가지고 있더라도 때로 쉬이 이겨내기도 하는 것이 독공이지 않던가.

그런 인식이 있는 덕분에 두려움의 대상이 되면서도 한편으로는 천시당하기도 하는 게 독이었다.

하지만 적어도 지금의 대. 앞으로 수십 년간은.

"천하제일이 될지도 모르겠군. 독공으로……"

가장 두려운 무공이 독공이 될지도 모르겠다.

무인치고 아직 어린 나이임에도 사혈련주를 꺾은 왕정이지 않은가. 그가 나이를 먹어가며 더욱 강해진다면?

아니 지금의 경지만 그대로 유지를 하더라도 충분했다. 천하제일인이 될 자는 왕정일 것이다.

정우가 질린 표정으로 왕정을 바라본다.

"역시나 괴물."

"헹. 괴물은 무슨 괴물입니까?"

"됐다. 됐어. 괴물이 자기가 괴물인 줄 알면 괴물일까."

"쓰읍…… 자꾸 괴물이라고 그러시기입니까?"

"휴우."

전이라면 붙어볼 생각이라도 들겠건만, 지금은 아니었다.

'적어도 지금은 안 된다……'

아주 나중. 오랜 기간 후에 경지가 몇 단계 더 오른다면 그때는 왕정과 붙어 볼 수 있을지도 모르겠다.

그런 생각을 하며 정우는 우선 마음부터 가라앉혔다.

"안휘 무사들은 바로 위로 올라갔지요?"

"실혼인들을 상대하기로 하였으니까. 게다가 그쪽이 예상 지기도 하고."

"좋네요. 이야기가 제대로 통하니까요."

"괴물의 말인데 누가 안 들을까!"

"그놈의 괴물이라는 말 좀 하지 말라니까요. 어쨌거나……
우리는 또 움직여야겠지요."

계획보다 더욱 쉬이, 사혈련주를 물리쳤다. 아니 굴복시켰
다고 보아도 무방할 정도였다.

하지만 사혈련주가 최대의 적은 아니지 않았던가. 그렇더
라면 진즉에 목숨을 끊고도 남았겠지.

진정한 적은 무림에서 나아가 황실에까지 암약을 해 온 마
교였다.

"가지요. 녹림도 처리를 하러. 혜미 소저 말대로라면 그곳
에 꼬리가 있을 터이니."

"그래. 어서 움직여야겠지."

왕정이 무림맹을 돕기 위해 움직이기 시작했다.

         *   *   *

북경에 난리가 났다.

고관대작들의 노골적인 왜곡에 홀리기라도 한 듯, 실정을
여러 번 반복하던 황제가 드디어 칼을 뽑아든 것이다.

그는 자신의 최대 무기라 할 수 있는 동창 무사들을 활용
하였다. 그 선두에는 우현령이 있음은 당연했다.

"동창 무사들이 여기에는 어인 일인가? 그리고 그대

는…… 한림원의……."

그 시작은 도찰원을 맡고 있던 도찰원주가 그 시작이었다.

동창의 무사들을 상대로 감사를 벌여야 했으며, 동창과는 다른 방식으로 황제의 눈과 귀가 되어야 했을 자가 바로 그다.

그는 그럼에도 자신의 본분을 잊고 황제의 눈과 귀를 흐렸으며, 황제가 할 판단을 자신이 재단했다.

그러니 처음 그에게 철퇴가 내려질 수밖에.

가장 높은 자리에서 책임을 다하지 못했으니 어쩔 수 없음이다. 하지만 그는 그 기색을 눈치채지 못한 듯했다.

"공무가 있다면 내일 도찰원으로 오면 될 일이거늘……."

"……묶게."

"예!"

우현령은 냉혹하리만치 짧고 강한 어조로 도찰원주를 포박하기를 명하였다.

동창의 무사들은 포박 하나도 제대로 배운 것인 듯, 아주 신속하고 효율적으로 도찰원주를 순식간에 포박하고 있었다.

"이, 이게 무슨 짓인가."

무공을 배워봤자 호신수준인 도찰원주가 어찌 동창 무사들의 손아귀에서 벗어날 수 있으랴.

그가 할 수 있는 최선은 입으로 떠드는 것 정도였다.

모든 감사를 통괄한다던 그도, 결국 끝의 끝으로 가서는 남는 것이라고는 입으로밖에 자신을 변호할 수 없는 것이다.

"내, 내! 이 말도 안 되는 상황을 황제께 고할 것인즉!"

"가능하다면 그리하시지요. 확인은 했는가?"

"예. 섭혼술에 당한 게 확실합니다."

동창무사와 온 자가, 황제의 호위를 맡은 무사들 중 최상위에 있는 황궁무사였다.

그는 황제를 노리는 여러 암살법 중에 섭혼술이나 사술과 관련하여 책임을 맡고 있는 무사기도 했다.

"섭혼술이라니! 무, 무슨!"

"생각보다 쉬이 아는군?"

"제대로 확인을 하기 이전에는 몰랐지만…… 이걸 보시지요. 이 상흔을 보면 확실합니다."

상흔이 증거인가.

하기사 아무리 황궁무사라 하더라도 도찰원주를 상대로 몸을 수색하지는 못했을 것이다.

황제를 지키는 황궁무사라 하더라도, 도찰원주에게는 한 명의 무사 그 이상은 되지 못했을 테니까.

그러니 지금껏 제대로 확인을 못한 것일 게다.

"이거면 충분하군. 당장 끌고 가게!"

그날 도찰원주를 시작으로 한 동창 무사들의 움직임은 계속해서 이어져 나아갔다.

북경에서 피어났던 혈화를 뛰어넘으려는 것인지, 이쪽 저쪽에서 포박이 이어졌고, 그에 반항하는 사람들을 상대로 피가 흘렀다.

"내가 누군 줄 알고! 내가!"

"이 미개한 것들! 당장 멈추지 못할까!"

설사 고관대작이 아니라고 하더라도 그에게 영향력을 주던 첩, 가족, 친지들도 철퇴의 대상이었다.

퍼어억—

"크아악!"

고관대작이든, 황실의 종친이든 상관없었다.

생각보다 북경 내부에 뿌리 깊게 박혀 있던 그들에 대한 철퇴는 왕정의 독과 비견될 만큼 강력했다.

황제의 눈을 가리고, 황제를 좌지우지하려고 했던 세력에 대한 철퇴이니 그 철퇴가 오죽 강하랴.

"피신을 하셔야 할 듯합니다."

그 사실이 북경을 좌지우지하고 있던 혈화에게까지 들어가는 것은 순간이었다.

그녀는 지금 이 순간을 미리 알고라도 있었던 것인지, 놀람을 표하거나, 무슨 일인지 물어보는 일은 하지 않았다.

"후후. 어디로 간단 말이더냐."

다만 평소 혈화로서 가지고 있던 독기가 아닌 처연함으로 수하를 대하고 있을 뿐이었다.

"주무에 있던 아이들은 이미 여럿 죽었겠지?"

"가장 먼저 당한 것으로 알고 있습니다. 무슨 수를 쓴 것인지 몰라도 동창무사들이 아주 정확하게 움직였습니다."

"후후. 그들도 지켜보고 있었을지도 모르겠지. 동창의 힘을 기를 기회가 될 테니까."

"……그렇습니까?"

"확실치는 않으나 거의 맞을 것이다. 그들은 그런 존재들이니까. 그런 존재들과 줄다리기를 해 온 것이기도 하고."

동창, 한림원, 도찰원…… 황실에 있는 많은 세력들이 그녀의 머리를 스쳐 지나간다.

그 많은 이들을 조율하고, 그 사이에 자신의 사람을 심고, 세뇌하고, 미인계를 펼쳐가며 여기까지 왔다.

그들의 눈을 가려 광기가 실린 실혼인들을 만들어 왔고, 그들의 눈을 가려 원하는 바를 얻어왔었다.

하지만 너무 멀리까지 갔던 것일까? 그도 아니면 꼬리가 길어 밟힌 것일까?

'……버림을 받았을지도. 후후.'

어쩌면 자신의 용도가 다 되어 자신을 키우고 자라게 했던 마교에서 버림을 받은 것일지도 모르겠다.

그들이라면 능히 그럴 만하였으니까.

자신이 죽고 나면 마교는 어찌 움직일까?

상황이 이쯤 되었으니, 다시금 침잠되기보다는 이제는 전면에 나서지 않을까?

모르고 움직이면 모를까, 관이나 무림이나 마교가 있다는 것은 이미 알고 있는 듯하니 달리 선택권이 없지 않을까.

어쩌면 자신의 수하가 말한 대로, 지금에라도 도망을 가면 살아남을 수 있을지도 몰랐다.

아직까지 자신이 가진 지낭(智囊)은 마교에서도 좋게 쓰일 만한 가치가 있으니까.

'허튼 생각……'

하지만 그녀는 이내 자신의 이어지던 생각에 고개를 저었다.

어차피 다시 돌아가 봐야 이용만 당할 뿐이었다. 호랑이를 피해 여우굴에 들어가 보아야 무슨 득을 볼까.

살아도 산 것이 아닐 것이고, 다시 예전의 인형처럼 돌아갈 뿐일 것이다.

차라리 지금 이곳에서 혈화로서, 고관대작을 홀렸던 아름다운 장미로서 죽는 것이 더욱 아름답지 않겠는가?

그게 자신다운 것이기도 하다. 결정은 이미 내려졌다.

"어찌하시려는 겁니까?"

"너는 네가 알아서 하도록 하거라. 나는 이곳에 남을 터이니."

"그럼 저는 보고를 위해서라도 먼저 가겠습니다!"

의리고, 정이 어디 있을까. 서로 잡고 잡아먹히는 것이 마교도이기도 한 것을.

뒤도 돌아보지 않은 채로 수하였던 자가 떠난다. 아마 얼마 못 가서 그도 잡혀 죽을 것이 분명했다.

그게 그녀의 계산이다.

"후후. 마지막 치장인가?"

그녀가 첫날밤을 치르는 어엿집 여식이라도 된 듯 이미 치장되었던 머리를 풀고는 정성스레 머리를 빗기 시작한다.

순식간에 이뤄진 치장이었으나, 처연함 가운데 묘한 아름다움이 있는 치장이기도 하였다.

그러고는 익숙한 몸짓으로 몸가짐을 바로 하고는, 그녀는 자신의 지아비를 기다리기라도 하는 듯 수하가 열고 간 입구를 하염없이 바라보고 있었다.

그녀의 눈에 동창 무사를 포함한 우 현령이 들어왔다.

"생각보다 빨리 오셨군요? 후후."

"기다리고 있었던 듯하오?"

"아무렴요. 모자란 머리를 가지고 태어나지는 않았으니, 모를 수가 없었지요."

"……."

우 현령이 보기에도 그녀는 인물이었다. 외모가 아니라, 그 지모가 뛰어났다.

그녀가 지모를 바로 쓰기만 했어도, 황실의 여인이 되기에도 부족함이 없었으리라. 그녀는 그만한 그치가 있는 여인이었다.

하지만 서로의 노선이 다르니, 결국 남은 선택은 하나뿐이다.

"포박하게."

동창수사들이 그녀를 포박하기 위해서 다가오건만 그녀는 여전히 치장된 몸을 하고는 굳건히 있을 뿐이었다.

"하남성에 잠룡이 하나 숨어 있다더니……."

그게 그녀의 마지막 말이었다.

그녀의 입새 사이로 흐르는 핏줄기는, 그녀가 무슨 수를 쓴지는 몰라도 이미 중독이 되었다는 표식이었다.

지금껏 잡으려고 시도했던 다른 마교의 무사들이 그리했듯, 독을 이용하여 자살을 한 것이 분명했다.

독의 조종자인 왕정이라도 있으면 모를까. 아무리 동창의 무사들이라 할지라도, 그녀를 살리는 것은 무리였다.

"허허…… 대체 무슨 복을 누리자고……."

그런 그녀를 안타까운 눈으로 바라보는 우현령이었다.

그녀의 마지막 시선, 마지막으로 상상하던 이는 과연 누구였을까? 무언가 사연이 있던 그녀의 사형이지 않았을까?

＊　　　＊　　　＊

북쪽. 아니 북서쪽이 더 정확할까.

신강이 마교의 세력으로 알려진 것은 이미 오래전에 일이다. 다만 그들의 정확한 근거지는 모르기에 요격이 이뤄지지 않았을 뿐이다.

여러 절진, 천혜의 지형, 사람들의 눈과 귀를 가리는 정보전을 통해서 자신의 근거지를 가려왔던 마교의 중심.

그 안에서 혈화가 마지막에까지 생각했을지 모를 사형이란 자가, 마교 특유의 복식을 하고는 장로들을 향해 읊고 있었다.

"더 나서지 않을 수가 없잖습니까?"

"그래서 어쩌자는 것인가? 진심으로 나서자는 것인가?"

"왜 안 되겠습니까? 많은 준비를 했습니다. 관을 흔들었고 무림의 세력을 깎아냈습니다. 목표에 도달하지는 못했어도 근접은 했습니다."

실로 많은 일을 해낸 마교다.

실상 무림맹에 파벌 싸움을 유도하는 분위기를 만들어 내던 것도, 사혈련의 내부에 세작을 심은 것도 마교의 은근한 도움이 있었다.

녹림총채주 손호준이 녹림을 통합하겠답시고 나설 수 있었던 것도 마교의 도움이 없었더라면 지난한 일이었을 게다.

관에 미친 손길은 어디 보통이었던가?

동창과 비슷한 격을 가지고 있던 도찰원주에까지 손을 뻗었던 그들이다.

분명 성과가 있었다. 그의 바람대로 목적에 도달하지는 못했더라도, 부족하기만 한 성과는 아니었다.

그럼에도 마교의 장로들은 지금의 일이 회의적으로 보이는 듯했다.

"아버지께서 죽었지요. 소리 소문 없이."

"그 일을 왜 꺼내는 건가?"

"그때도 저는 참았습니다. 교를 위한다는 명목에 교주임을 밝히지도 못하고 돌아가심에도 참고 넘어갔지요."

"……"

"많은 교도들이 암흑에서 죽어갈 때도 저는 참았습니다.

언젠가 있을 지금을 위한 일이라 참았기 때문입니다."

"무엇을 말하고자 함인가?"

"장로들께서 계획을 세울 때도! 그 계획에 많은 사형제들이 죽을 때도! 마지막 남은 교의 신녀가 죽을 때도 참았습니다! 그런데 지금에 와서도 참으라는 것입니까?"

그는 마교의 자식이나 다름없다. 적자다. 그렇기에 마교를 위해 많은 것을 하지 않았던가. 많은 것을 잃지 않았던가.

그럼에도 참았다. 그럼에도 교의 앞날을 위해 침잠했다.

많은 교도들의 희생 덕분에 개인으로서는 높디높은 무력을 가지게 되었음에도, 그는 이름 한 번 날릴 수 없었다.

참고, 또 참았다.

'그럼에도 지금만큼은……'

아니었다. 그가 보기에 참아야 할 자는 장로들이 아니었다.

"그대는 교주가 될 자네. 혈기가 아닌, 교주가 될 자로서 읽으란 말일세!"

"그렇기에 지금 나서야 한다 판단한 것입니다!"

"아닐세. 무공이 높다 해서 제국과 무림을 고꾸라트릴 수 있었다면 진즉에 할 수 있었을 것이야. 시기와 때도 중요한 것이거늘!"

마교의 장로라는 자는 진정으로 그리 생각을 하고 있는

듯했다.

"젊은이의 혈기라 해도 좋습니다. 바보 같은 억지라 해도 좋습니다. 단 한 번…… 마교의 적자로서 명령하겠습니다. 모든 것을 걸고!"

그가 이렇게까지 나서면 아무리 장로들이라 해도 나설 수밖에 없었다. 그게 교리니까.

"하…… 진정으로 그리해야겠는가?"

"예! 끝을 보아야 할 때이지 않겠습니까? 지금껏 모은 모든 이들. 모든 사람. 모든 것들을 풀어 움직일 것입니다! 명령입니다. 따르시지요!"

죽은 아버지를 대신했던 장로들이 그에게 고개를 조아린다. 명령을 내렸으니, 상하관계가 바뀌는 것도 당연했다.

"……교의 교인으로서 명령을 따르겠습니다."

"……장로로서."

마교도. 그들이 출격하였다.

第十四章

격돌하다

전체의 수를 더하면 무림맹보다 못한 곳이 마교다.

하지만 그들은 인륜을 저버리는 짓 따위는 쉬이 하게 된 자들이다. 본디부터 그러한 자들은 아니었으나, 오랜 역사로 변해버린 자들.

그런 자들이 마교의 교도들이었기에 그들, 한 명, 한 명이 가진 무력은 분명 뛰어났다.

"움직이지."

"명!"

처음 그들이 나서는 곳은 자연스레 청해가 되었다.

서장에서 가장 가까운 곳이 그곳이니만치, 첫 목표지로 청해가 정해진 것은 자연스러웠다.

애시당초 실혼인을 청해에 가장 많이 보낸 것도, 곤륜의 무능함을 이용한 것도 있지만 바로 지금의 상황을 위함이기도 했다.

마교도들은 실혼인에 대한 특별한 수단을 강구한 지 오래인지라, 그들이 만든 실혼인에 낭할 이유가 없었다.

그들의 계획대로라면 제대로 반응하지 못할 청해의 곤륜과 정파 무인들을 상대로 청해를 차지하기만 하면 되었다.

그게 그들이 나아가려 계획한 제일 보였다.

"움직였습니다."

"역시."

다만 그들을 기다리고 있는 자가 분명 있었다.

여인이다. 바로 이미 사혈련주와의 격돌 이전에 급히 움직였던 그녀가 마교를 기다리고 있는 것이다.

"진의 상태는 어떻지요?"

"이미 검증된 진이지 않습니까? 제대로 사용될 예정입니다."

청해에는 많은 진이 설치되어 있었다.

그녀가 설치하였느냐고? 아니. 오래전 마교와의 대전에서 마교를 막기 위해 설치되었던 진들이다.

당연히 보수가 제대로 될 일이 없는 터라, 대다수의 진이 망가진 지 오래다.

다만 제대로 된 보수가 없음에도 오랫동안 세월을 견뎌낸 진들은, 그 능력이 범상치 않았다.

제갈혜미는 그것을 이용했다.

'응용.'

왕정이 말한 응용에 자신의 천재성을 더한 그녀는 자신이 보수하고 개조하는 진에 왕정의 것을 더했다.

독이다.

왕정이 자신의 진기에서 뽑아 건네어준 최상의 독들은 마교도들을 막는 시간을 벌어 줄 수 있을 것이 분명했다.

허나 진은 어디까지나 시간벌이가 될 수밖에는 없었다. 아무리 진이 대단하다 하더라도 마교도 전부를 막을 수는 없었다.

전멸 또한 당연히 불가능한 일인 터.

실상 시간을 끌어준다는 것만으로도 대단한 성능을 보인다고 할 수 있는 일이었다.

문제는 얼마나 버틸 수 있느냐와 언제까지 올 수 있느냐.

"문제라면⋯⋯ 과연 언제쯤 무림맹 무사들이 도달해 줄 수 있느냐는 거겠군요."

"그래도 금방 와주지 않겠습니까?"

"그리 되기를 빌어야겠지요. 곤륜의 도인들은 도무지 도와줄 기색이 아니니…… 휴우. 역시 모든 게 예상대로 돌아가지는 않는군요."

그녀의 한숨 속에 시간이 흘러가고 있었다.

무림맹은 착실히 자신이 할 일을 해주었다.

손호준이 끊임없이 수를 썼지만, 그것을 하나하나 격파해낸 제갈운 덕분에 왕정이 도착했을 때는 녹림은 거의 와해가 되다시피 했다.

아니, 정확히는 계속해서 녹림에 피해를 누적시키고 있는 녹림총채주의 세력에 대한 와해가 정확한 표현이리라.

그는 총채주임에도, 그가 사용하는 수단은 녹림을 너무도 희생시키는 수단이었다.

그 덕분인지, 마지막에 이르러서는 녹림에 반쯤은 축출된 상태였다. 역시 실익을 앞세우는 사파의 무사들다운 움직임이었다.

덕분에 생각보다는 허무히 손호준을 잡는 데 성공해낸 왕정과 무림맹 무사들이었다.

"죽여라!"

"안 그래도 죽일 거다. 그 전에 불어야지?"

심문은 왕정이 맡게 되었다. 이런 일을 즐기는 그는 아니지만, 좋은 수단이 있으니 어쩌겠는가.

"흥! 무엇을?"

"네 계획. 아니 마교도들이 짜준 계획이라고 해야 할까. 녹림 통합 후에 무엇을 하려고 했지?"

"하핫. 그것을 내가 말할 성싶……크아아아악! 아악!"

순식간에 중독을 시키는 왕정이었다.

하기사 시간을 끌어봐야 어쩌겠는가. 당장에 시간이 촉박한데, 여기서 더 시간을 글어서 좋을 것이 없었다.

그렇기에 왕정은 자신이 사용할 수 있는 독을 죄다 이용하여, 그를 죽기 직전까지 몰아붙였다.

"크으아악!"

몸을 비비 꼬며, 피부가 녹아들어 가고, 단전이 힘을 잃어가며, 근육이 상해간다.

순식간에 불쌍한 꼴을 하게 된 손호준. 참상이라면 참상이다.

그런 그를 그대로 둔 채로, 왕정이 주변을 바라보며 말한다.

"이대로라면 심문도 계속할 수 있으니 일단은 움직이도록 하죠. 이놈은 따로 수레를 마련하면 될 겁니다."

"크흠……."

고문을 하는 것도, 고통에 찬 자를 그대로 데리고 가는 것도 무림맹 무사들의 성미에 맞는 일은 아니었다.

하지만 상황이 상황이지 않은가.

결국 손호준은 독에 계속 고문을 당하는 채로, 수레로 이동을 하게 되었고, 무림맹과 정의방 무사들은 우선적으로 북을 향해 나아갔다.

손호준이 모든 계획을 불지는 않았더라도, 제갈혜미가 예측한 대로 우선은 곤륜이 있을 청해로 움직이기 시작한 것이다.

*　　*　　*

다만, 마지막까지도 마교도들의 계획은 치밀하였다.

그들은 단순히 자신들이 가장 먼저 부딪칠 청해에만 모든 전력을 투입한 것이 아니었다.

"흘흘…… 여기부터 움직이면 되는가?"

"그리하면 같이 도달한다 하였으니, 먼저 움직이면 될 일이겠지."

"제대로 일도 못했다지? 그래도, 적당히 혼란을 만들어 주었으니 나쁠 것은 없겠지."

많은 적이 있는 중원의 무림과 황실을 상대로, 마교도들은 그들만의 동맹을 만들어 내었으며, 그들을 동원해냈다.

청해 말고도 중원의 북쪽에 있는 녕화와 섬서에 생각지도 못한 무사들이 들이닥쳤다.

몽고의 무사들도 있었으며, 서장에서 이름을 날린다 하는 사교도들도 포함되어 있었다.

각양각색이었으나 그들의 목적 그 자체는 혼란 속에서 자신들의 목표를 쟁취하는 것!

"킥킥. 그럼 나는 이쪽으로 가지."

"무운을 비네."

"무운은 무슨! 하핫. 먼저 가네! 이쪽은 우리 쪽 걸세!"

목표는 개개가 다를지언정, 해야 하는 행위 자체는 비슷하였기에 마교의 동맹으로서 중원 북쪽을 흔들려 하는 그들은 꽤나 부지런하게 움직여 나아갔다.

"어떤 무사들이 오려나."

"무림맹 놈들은 마교로 가겠지. 흐음. 그럼 잘해야 잔챙이들이나 상대하겠구먼."

"크큭. 그러면 뭐 어떠하겠는가. 주지육림(酒池肉林)이나 즐기면 될 것을!"

"킥. 그것도 그렇소만?"

그들의 무력은 무림맹이나 마교에 비할 바가 아니지만, 그들이 하는 행위는 빈집털이나 다름없는 행위였다.

쉽다고 할 수 있는 일을 하는 것이기에 그들의 눈은 자신감으로 가득 찬 지 오래였다.

하지만 그런 그들을 막는 자들은 의외의 자들이었으니.

"저게…… 무슨 표식인가?"

"흐음……."

아주 멀리서부터 먼지구름을 만들며 달려오는 자들의 기세는, 빈집털이를 하려는 마교의 동맹들이 가진 기세 이상이었다.

그들이 중원 북쪽을 흔들기도 전에 꽤나 시의 적절하게 모습을 드러낸 자들이었었기에, 무리는 제법 긴장을 할 수밖에 없었다.

"무림맹인가. 그도 아니면 개방? 저 정도 수라면…… 개방일지도."

"큭. 개방 정도야…… 정예가 적지 않은가. 그들 정도는…… 가만?"

먼지구름이 가까워질수록 그들의 눈에는 놀람이 가득했다.

화려한 깃발. 중원 천지에 오직 단 한 사람만이 사용할 수 있는 황금빛의 염료로 만들어진 깃발.

"화, 황궁?"

"어째서 황궁이? 아니 황궁이 움직일 것이야 예상했다지만……."

이렇게까지 빠른 움직임은 아니었다.

자신들은 마교도들이 흔든 중원에서 득을 보려고 온 것이지, 황군을 막으려고 온 것이 아니었다.

그들의 계획대로라면, 황군과 충돌하기는커녕 그들이 오기도 전에 도망이 예약되어 있었다.

그들이 할 일은 빈집이나 다름없는 중원의 북쪽을 적당히 흔들어 주고, 마교와 합류하거나 이득만 챙기고 다시 북으로 돌아가면 될 상황이었던 터.

계획 이상으로 빠른, 미리 준비가 되어 있었다는 듯 갑작스럽기만 한 황궁의 움직임에 당황을 할 수밖에 없는 잡배들이었다.

"쳐랏!"

황군은 이미 할 말은 없었다는 듯, 항복에 대한 종용도 설득도 없는 채로 바로 그들에게 달려들었다.

"도, 도망을 가거라!"

"다시 북으로!"

미리 짜 놓았던 계획이 흐트러지면 당황스러울 수밖에 없는 터.

게다가 당금 황실의 황군은 부족하기만 한 전력은 아니었기에, 아무리 무인인 그들이라 하더라도 함부로 덤벼들 수가 없었다.

"물러나라! 물러나!"

마교의 계획 중에 일익을 담당하고 있던 동맹이 생각보다 허무하게 중원의 북쪽에서 물러나던 그날.

"오셨군요."

왕정을 필두로 한 정의방, 무림맹의 무사들이 도착하였다.

꽤 오랜 시간이 흘렀음에도, 제갈혜미는 여전히 아름다운 모습으로 마교노들을 상대로 경합을 벌이고 있었나.

"상황은 어떻게 되었습니까?"

"생각 이상으로 진이 잘 발휘되어 주었습니다."

"……역시 괴물."

"후후. 그럴 리가요."

이화의 말대로 제갈혜미는 왕정과는 다른 의미로 괴물 같은 존재가 아니던가.

진을 접목시켜 무공을 새로이 창안해낼 정도의 그녀는, 이미 있던 진을 개조하여 마교의 발목을 제대로 잡아주었다.

천하의 마교도를 여인이 만든 진 하나로 묶어 버린 것이다.

많은 준비를 하고, 무림을 넘어 중원 전체를 흔들었던 마교도치고는 허무하디허무한 모습!

하지만 지금껏 왕정과 그녀, 그리고 관언과 같은 정파 무인들과 황궁의 쐐기 덕분에 마교의 계획이 하나, 하나 흐트러졌던 것을 생각하면 당연한 결과기도 하다.

황궁에서 한 번 무너졌으며, 녹림에서 두 번 무너졌고, 사혈련과 무림맹을 흔들려다 되려 당한 마교지 않은가.

결코 지금의 결과는 괜히 만들어진 결과가 아닌 것이다.

"매일같이 공격을 해 와서, 곧 진이 무너질 듯하기는 합니다만은…… 그래도 많은 분이 합류하였으니 괜찮겠지요."

"쉬이 상대할 자들이 아니잖느냐. 허헛."

관언이다.

그는 젊은이들이 활약하는 것이 씁쓸한 한편에서도 흐뭇함이 느껴지는 것인지, 오랜만에 시원한 웃음을 지어 보이고 있었다.

"쉬이 상대할 자들은 분명 아니지요. 하지만 시간은 저희 편입니다. 무림맹 무사들이 모이고, 정의방이 모였습니다. 그리고 후방에서는 이미 많은 무인들이 저희에게 합류하려 움직이고 있지요."

진을 펼쳐 마교도를 상대하는 와중에도, 정보를 취합하는 것을 소홀이 하지 않은 그녀다.

그녀가 파악하기로 점창, 청성, 아미, 개방, 소림이 무사들을 모아 청해를 향해 오고 있었다. 이미 도착한 자들도 있을 정도다.

게다가 오대세가의 무사를 포함하여, 많은 중소문파의 무인들이 모이는 족족 이곳으로 오는 상황이다.

대대적으로 움직이고 있는 것이다.

다른 때였다면 사혈련의 공세를 염려하여 이런 대대적인 움직임은 불가능했을 터.

하지만 왕정이 사혈련주를 상대로 깔끔한 승리를 한 덕에, 당분간 사혈련이 움직일 일은 없을 것이다.

아마 무림맹은커녕 자신들의 일에 꽤나 복잡하게 움직이고 있을지도 모를 사혈련이있다.

왕정에게 패배한 사혈련주가 자신의 자리를 지키기 위해서 분주히 움직이는 만큼, 사혈련주를 노리려는 자들과의 충돌도 커질 테니까.

사혈련주를 왕정이 살려주게 됨으로써, 사파의 성격을 가진 자들의 속성을 제대로 이용하고 있는 것이다.

게다가 듣기로 황군이 생각지도 못하게 도움을 주고 있는 상황.

그러니 시간은 무림맹과 정파의 편이었다. 이대로 사람을 끌어 모으고 나아간다면, 압도적인 힘으로 마교도들을 쳐버릴 수 있을 터.

마교도의 힘이 보통은 아니니 희생이 전혀 없지는 않을 것은 훤하나 그 정도야 감수해야 할 일이었다.

무림맹은 그렇게 낙승을 점치며 진을 뚫고 올 마교를 기다리고 있었다.

＊　　　＊　　　＊

"역시 힘든 일!"

"그래도 해내야 하오!"

마교주로 남은 그. 우현진이라는, 마교주에게는 우습지도
않은 이름을 가지고 있었던가.

허나 제대로 이름을 불린 지가 이미 너무도 오래 전이 되어
버린 그는 제갈혜미가 펼친 진을 상태로 분투를 벌였다.

아무리 그라고 할지라도 무림맹의 무사도 아닌, 단순히 무
림맹이 설치한 진에 막힐 것이라고는 예상치 못한지라 그도 제
법 당황을 하고 있기는 하였다.

'고작해야 진이지 않은가! 그런데도 중원에 복수를 하는 것
은 그리도 힘든 일이라는 말인가!'

자신의 사제는 이미 죽은 지 오래일 것이다. 북경에 그 난리
가 났다는데 북경 계획의 핵심인 그녀가 살아 있을 리 없다.

교도들을 포함하여 다른 많은 사제들도 죽었을 것이 분명
했다. 녹림에서 암약하던 이들도 전부.

그들뿐이랴.

중원 곳곳에서 활약하던 교도들도 개방에 당했는지 연락이
끊어진 지 오래였다.

'기호지세(騎虎之勢)의 상황이지 않은가. 여기서 물러나 보

아야 살아도 산 게 아니게 될 터.'

그러니 그는 지금 상황에서 더 물러날 곳도 없다 여겼다.

지금 물러나서 전력을 보존해 보았자, 자신들은 단순히 중원을 흔드는 것으로 끝난 패배자가 될 뿐이다.

패배자가 다시금 승리를 점치려면 또 어떤 노력이 얼마나 필요하게 될까? 더 얼마나 많은 희생을 해야만 다시 이렇게 중원을 흔들 수나 있을까?

아니, 다시 이렇게나마 중원을 흔드는 것이 가능하기나 할까.

'어려운 일이다.'

그러니 움직여야 했다.

비록 마교의 마지막이 될지 모른다 하더라도. 이미 패배를 할지 모른다고 하더라도. 그는 움직여야 한다 생각했다.

마교의 정신을 마지막이나마 중원에 보여줘야만!

마교에 남은 마지막 교도들에게 해낼 수 있다는 의식을 심어줄 수 있을지도 모르니까.

장로들은 젊은이의 혈기로 승리를 점친다 말하지만, 화려하게 불타오르는 마지막 불이 될지 모르더라도, 그는 진심으로 움직여야 한다 생각하여 움직이는 것일 따름이다.

마교의 교주로서.

어쩌면 마지막이 될지도 모를 핏줄로서.

第十五章

끝을 향해서

"……죽을 기세군. 뒤에 배수진이라도 친 건가."

시간을 끌기만 하면 쉽게 이길 것이라 여겼던 마교도다.

무림맹, 정의방, 왕정의 움직임으로 말미암아 하나가 되다시피 한 정파이니 쉬이 마교를 물리칠 수 있을 것이라 여겼던 이들이었다.

하지만 모든 예상은 쉬이 빗나갔다.

시간을 끌기만 하면 될 것이라 여긴 것을 이미 알고 있었던 것인지, 마교도들은 모두 죽음을 각오하고 달려들기 시작했다.

자신들의 마지막을 화려하게 불태우는 것이 그들 삶의 의

무가 되기라도 한다는 듯 그들은 모두가 폭주하였다.

죽음을 각오한 듯한 마교도들의 중심.

그들의 가운데에서 쉼 없이 검을 휘두르고 있는 자를 제갈혜미가 지목하였다.

"저들부터 요격해야 합니다!"

"교주인가? 아니 그렇다고 보기엔 젊은 듯하기는 한데……"

마교에 대한 정보는 아무래도 적다. 구전되는 이야기로 어떤 류의 무공을 쓰는지 정도는 알아도 개개인까지 파악하는 것은 무리.

그러니 그들은 달려드는 자가 단순히 마교도인지, 마교주인지, 장로인지도 파악하기 힘들었다.

다만 기세와 진형을 보고서 상황을 파악하는 것이 최선이기도 하였다.

마교도가 시간을 주기는커녕, 진을 돌파하자마자 죽기 살기로 달려드는 상황에서도 제갈혜미의 판단은 시의적절했다.

"관언님께서는 아버지와 좌익에!"

"알겠네!"

지휘권을 자연스레 활용하고 있는 그녀다.

그녀는 전체적으로 무사들을 배분해 내고서는, 그 뒤에

각각의 정예를 보내기 시작하였다. 좌에는 무림맹의 정예를 중앙에는 정의방 무사들을 보내었다.

"저들의 기세는 이미 우측으로 기울어 있습니다. 아무래도 북을 돌파하여 흩어지려고 하는 듯하니 꼭 막아주셔야 합니다!"

그리고 마지막으로 우익에는 왕정과 독곡의 무사들을 투입한 그녀다.

그녀가 보기에는 우익이 가장 중요한 곳인 터. 그만큼 왕정과 독곡 무사들의 무위를 인정하고 있기에 가장 중요한 곳으로 보낸 상황이다.

왕정은 독곡의 이제는 호흡을 맞추는 것이 익숙한 무사들과 함께 몸을 날래게 움직였다.

"후우…… 무림맹, 사혈련…… 독곡에, 마지막은 마교라니."

"사조님도 다사다난하네요."

"그럴지도……."

—허헛. 왕년의 할아버지가 한 경험 이상이로구나.

모든 상황을 알고 있는 독존황이나, 운민으로서는 사냥꾼 출신이던 그의 행보에 헛웃음이 나올 정도였다.

지역의 한 어귀에서 홀로 사냥이나 하던 사냥꾼이 독곡의 고수가 되어 천하제일을 넘보게 될 줄을 누가 알았으랴.

"이제 마교만 처리하면…… 더 이럴 일은 없겠지."

—혹시 아느냐? 아직 황궁가는 엮이지 않았으니…….

갑자기 황궁이라니!

여기서 황궁과 얽히기까지 할까? 아니 어쩌면 진짜 얽히지도 몰랐다. 무공을 익히고부터는 다사다난하기만 한 그였으니까.

가능성이 아주 없는 것은 아니었기에 왕정이 전음을 하는 것도 잊은 채로 외친다.

"할아버지!"

—허허. 그럴 수도 있다 한 것이지. 그런 것은 아니지 않느냐.

"헹. 자세한 것은 나중에 가서 이야기하도록 하지요. 우선은 저들부터 막아야 할 테니까요."

—그러자꾸나. 허허.

왕정의 바로 앞에는 맹렬한 기세로 달려들고 있는 마교주가 있었다.

이미 죽을 각오를 하고 있는 그와, 교리에 따라 그의 명에 목숨을 바치고 있는 장로들의 기세는 흉악함 그 이상이었다.

뒤를 생각하지 않고 움직이는 자의 흉포함이란, 역시 무력을 뛰어넘는 그 이상의 무언가가 있었다.

"휘유…… 이것이 진정으로 마지막 전투가 되기를!"

정말 마지막이다.

더 큰일은 없도록.

왕정은 그리 생각하며 마교도들을 향해 달려들기 시작했다.

스스스—

그의 성명절기가 되어버린 독구들과 함께!

∗   ∗   ∗

마교혈전(魔敎血戰).

혹은 훗날 마교투전(魔敎忿鬪戰)이라고 일컬어지게 될 전투는 모두의 예상과는 다르게 빠르게 끝을 장식했다.

막교도는 뒤를 보지 않고 달려들었으며, 그들을 상대로 한 무림맹 또한 물러나지를 않았으니 단기전은 당연한 이야기였을지도 몰랐다.

그 가운데에서 가장 큰 활약을 한 자들이 있었으니, 호사가들은 그들을 무림십절이라 칭했다.

지계(知界)의 끝을 보여주었던 제갈혜미를, 무림의 꽃으로 올림과 동시에 무림의 지절로 칭했다.

무력은 제대로 알려지지 않은 그녀였으나, 그 재주가 뛰어나니 그녀를 일절로 올리는 데에는 아무도 이견이 없었다.

관언은 관철성이자 무림맹의 지휘자로 활약을 하지 않았던가. 십절 중 하나가 되기에 부족함이 없는 그였기에 그 또한 자연스럽게 십질의 하나가 되었다.

그 뒤로 이화는 여인이 휘두르는 검임에도 검이 가지는 무게가 중검 그 자체라 하여 중검의 고수로 불리는 여인이 되었으며.

정우는 남궁가의 서자임에도, 남궁가를 대표하게 되는 검사가 되어버렸다.

허나 이제 와서는 남궁가 출신임이 중요하기보다는, 정의방의 방주로서 무림에 영향력을 행사하는 그이니 남궁가로서는 기꺼울 법도 한 상황이었다.

그 뒤로 이제는 오대세가 중 하나라고 일컬어지고 있는 금운철가의 금지옥엽이자, 여걸인 철아영이 일좌를 차지했다.

재밌는 것은 다른 여인들과 다르게 의외로 왕정이 아닌 정우와의 연분으로 더욱 크게 소문이 난 상황이기도 하였다.

뒤를 이어 독곡의 무인들 중 안일지와 분투를 보였던 호일운은 십절 중 두좌를 차지하며 독곡 무인들다운 기염을 토하였다.

의외인 자들은 재빨리 도착한 아미파의 여승들 중, 정민사태의 제자 이수안이 큰 활약을 하게 됨으로써 일정이 되었다는 것.

아미와 거의 비슷하게 도착한 점창의 제일검, 하운성이 역시나 마교의 장로 하나를 고꾸라트린 것으로 나머지 일좌를 차지하게 되었다는 것이 의외인 면이었다.

마교가 단기전을 펼치기는 하였으나, 아미와 점창은 빠르게 합류를 한 덕분에 무려 이좌를 차지할 수 있었었다.

정파 무인들다운 행동이 그들에게 이런 식으로 보상이 오게 된 것이다.

십절 중 마지막은 당연히 왕정이 차지하게 되었다.

그에게는 따로 독존이라는 칭호가 내려질 뻔하였으나, 그런 별호는 썩 내켜하지 않은 왕정 덕분에 반려가 되었다.

그래도 해골독협이라는 별호보다는 독절이라는 별호에 만족을 한다는 우스운 소문이 도는 것을 보면 십절 중 하나를 차지한 것에 불만은 가지지 않고 있는 듯싶었다.

같은 십절이지만 무림에 있는 모든 사람들, 무림에 관심이 있는 호사가들은 진정한 강자가 누구인지는 확실히 알았다.

독설이라 불리는 왕정이다.

마교와의 마지막 전투와 그 이전에 사혈련주와의 전투에서 보여주었던 그의 독공은 독 그 이상의 무언가를 내포하고 있는 절대의 무위를 보여주었다.

비록 무공의 뿌리는 세외라고 일컫는 독곡에 있지만, 그가 중원인 출신인 것은 누구나 알고 있는 사실인 터.

그가 문파를 세운다고 한다면 천하제일인을 꿈꾸는 많은 이들이 그의 밑으로 몰려들 것이 분명했다.

당장에 십절 중 일절씩을 차지하고 있는 정우, 이화, 철아영, 제갈혜미만 하더라도 힘을 실어주지 않겠는가.

게다가 그는 사혈련주도 굴복시킨 지 오래인 터.

그가 원하기만 한다면 어쩌면 강호 제일의 문파도 불가능만은 아닌 상황이었다.

그런 상황임에도 그는,

"사람이 꿈을 크게만 가져서야…… 일만 벌어질 게 뻔하다니까요."

―허허. 황궁을 말했던 게 그리 두려웠더냐?

"이제 더 구르기는 싫습니다. 돌아가야죠. 고향이나 다름 없는 곳으로."

천하제일인에 가장 가깝다는 평을 들음에도, 문파를 세울 생각도 자신의 영향력을 휘둘러 무림을 뒤흔들 생각도 하지 않았다.

단 일 푼도!

그는 대신에 더 크게 일에 휘두르는 것을 저어하여, 자신의 고향이나 다름없는 곳으로 돌아갔다.

하남성 평여현이었다.

*   *   *

"왔는가? 후후."

"엇? 현령님?"

그를 가장 빠르게 반기는 자는, 현청에서 나서는 일이 거의 없는 우현령이었다. 그는 평소와는 다른 복식으로 있었는데, 그 복식이 제법 고급스러워 보였다.

그의 복식은 황궁의 관리나 입는 복식이었다.

허나 이런 면에서는 여전히 촌놈이나 다름없는 왕정으로서는 복식의 의미를 파악하기 어려웠다.

"승진이라도 하신 겁니까?"

"허허. 승진이라…… 그래. 승진이라면 승진이겠지."

"그럼 다른 현령님이 오시는 거겠군요?"

"그리 되지 않겠는가? 지금 이리 온 것도, 잠시 허락된 시간일 뿐이라네. 허헛."

멀리 떠나기라도 할 기세였다.

평여현에서 여러 일을 벌이면서 현령과 정이 들었다면 든 왕정이었다. 게다가 그가 힘을 여러모로 자신을 위해 힘을 썼음을 이미 들어 알고 있는 왕정이다.

"잠시로군요. 아쉽습니다."

"그래도 평생 못 보는 것은 아니지 않겠나? 그대가 북경에라도 오면……."

북경이라는 말에 왕정이 펄쩍뛴다.

"예? 북경이요? 그 황제 폐하가 계시는 북경에 가시는 겁니까?"

"그리 됐네만은……."

"……아쉽지만! 북경에까지 갈 일은 없을 듯하니, 자주 뵙기는 힘들겠군요."

왠지 북경에 가게 되면 무언가 일에 시달릴 듯한 느낌이 강하게 팍팍 드는 왕정이었다.

그러니 이렇게 미리 선을 끊는 것이겠지!

하지만 왕정을 위해서 움직여 왔던 우현령으로서는 그의 말에 섭섭함을 느낄 수밖에 없기는 했다.

그는 자신의 감정을 숨기지 않기로 하였는지 직접적으로 말했다.

"허허. 섭섭하군."

"죄송합니다. 그래도 명절이면 잊지 않고, 선물은 보내겠습니다."

"그런 게 중요하겠는가? 사람이 보는 것이 중요한 것이겠지."

"묘하게 북경에 가서는 안 될 것 같은 예감이 들어서 말이지요. 하하."

왠지 어색한 웃음.

'그럴지도……'

우현령의 활약을 본 황제가, 우현령과 인연이 있는 왕정에게 흥미를 보이고 있다고 하면 과연 어떤 반응을 보일까?

당장에 짐이라도 싸서 독곡으로 도망이라도 치지 않을까? 왕정이라면 충분히 그럴 만도 했다.

'나중에라도 이야기하는 것이 낫겠군.'

꽤나 옳은 판단을 한 우현령이었다.

"그나저나, 의방도 이제는 금방 열리겠군."

"뭐…… 이래저래 다른 사람들이 휘저어 놓기는 하였지

만, 금방 만들겠지요?"

"만들 필요가 있겠는가. 허헛. 한번 가보게나. 나는 할애된 시간이 여기까지인 듯하니…… 먼저 가봄세."

"에…… 뭐…… 대접을 해드리고 싶어도. 무리겠군요. 우선은 의방에 올라나 가 보아야겠지요."

자신의 말대로 허락된 시간이 많지는 않았는지, 우현영은 몇 분간의 대화를 나누고는 떠나갔다.

아마 그의 말대로 다시 보기까지는 꽤나 오랜 시일이 걸릴지도 모를 일이었다.

'아쉽기는 하지만……'

그래도 평생 보지 못할 사람은 아니지 않은가. 다시 독지를 만들고 의방을 개업하게 되면 그때는 간간히 볼 수도 있을지 몰랐다.

"으음…… 누가 관리라도 한 건가."

폐허가 됐을지도 모른다 생각했던 의방이었다. 헌데 의방이 있었을 언덕을 올라가면서 보니, 누군가 관리를 했던 흔적이 역력했다.

그가 언덕의 중턱쯤에 올랐을까?

"독협님!"

"우와!"

그리운 얼굴이라고 할 수 있는 얼굴들이 그의 시선을 가
득 채웠다.

우칠과 우칠 아버지. 그리고 평여현의 많은 사람들. 그들
이 왕정의 시야를 전부 채운 것이다.

'……이런. 괜히 시큰해지네.'

이들은 자신을 기다려 주었음이 분명했다.

무인들 때문에 위험했을 것이 분명함에도, 자신이 있던
의방을 관리하고자 꽤 애를 썼음이 분명했다.

자신과 인연이 닿았던 현의 사람들이, 지금껏 자신을 잊
지 않고 기다려 주었던 것이다.

역시 이곳은 자신의 고향이었다.

"의원님! 잘 돌아오셨습니다!"

"다들 잘 지내셨지요?"

"의원님이 없으셔서 다들 골병이 들었지 뭡니까? 하핫."

농이다. 그들끼리 할 수 있는 농.

마을 사람들의 농담을 듣고서야 왕정은 자신이 진심으로
고향에 돌아 왔음을 느꼈다.

"……정말로 오랜만입니다."

"예! 하하. 이제 완전히 돌아오시는 거지요?"

"물론이지요. 제가 여길 두고 어디로 가겠습니까."

고향이다. 떠날 리가 없었다.

무슨 일이 생기지 않는 한은, 아니 무슨 일이 생기더라도 이제는 고향이 된 이곳에 머무르고 있으리라.

그가 아는 인연의 다수가 이곳에 있으니까.

"올라가 보시지요. 무림맹 무사들이 의방은 이미 개보수를 해 주었습니다."

"그렇습니까?"

공적으로 몰았던 것에 대한 사과라도 되는 것인가.

'뭐…… 고쳐주었다면야 좋기야 하지.'

의방을 보수하고, 독지를 다시 꾸미는 일이 꽤 귀찮은 일이 될 것이라 여겼던 그로서는 무림맹의 작은 도움은 기꺼운 상황이었다.

"정말이군……."

높지 않은 언덕이기에 오르는 것은 금방이었다. 그가 도착한 곳에서 본 광경은, 전과 같은 광경의 집이자 의방이었다.

"오셨습니까?"

"기다리셨던 겁니까?"

"저 또한 이곳이 고향이나 다름없지 않습니까? 하하. 다시 가라고는 하지 않으시겠지요?"

그곳에는 자신과 마지막까지 함께하던 아칠이 기다리고

있었으며, 무림맹의 파견 무사였던 이환이 함께였다.

"당연한 이야기이지 않습니까. 후후."

그렇게 왕정은 고향에서, 새로운 평화를 찾는 듯했다.

독에 중독되어 독공을 익히고, 완숙된 독공에 천하제일인까지 넘보게 된 다사다난한 삶을 살아온 그이지 않은가.

'이쯤 고생을 했으니…… 이제는 쉬는 것도 문제는 아니지 않을까?'

하지만 그는 알고 있을까.

아직 모든 문제는 끝이 나지 않았다는 것을. 특정분야에서 제대로 발휘되지 않던 눈치가, 그의 휴식을 방해하려 하고 있었다.

그를 무림으로 이끈 것도 그녀이듯, 첫 시작은 이화였다.

"가려는 것이냐?"

"예. 정리는 했으니까요."

모든 일이 정리되고, 무림맹주에게로 잠시 돌아간 그녀다.

평생 녹지 않을 것만 같았던 부녀 사이는 의외로 쉽게 녹았다. 덕분에 침묵에 가깝던 그녀의 말수도 늘었을 정도였다.

무림맹주로서는 그런 딸의 모습이 어여쁠 수밖에 없는 터.

"허허. 너와의 대화가 쏠쏠한 재미가 되었거늘."

"자주 찾아오겠습니다."

"그러거라. 멀지도 않지 않느냐? 허헛."

그녀를 일방적으로 잡을 수만은 없는 아버지였기에, 맹주는 딸아이가 가는 것을 보내 줄 수밖에 없었다.

"후후. 이왕이면 첫째 자리는 차지하도록 하거라."

"……."

침묵을 끝으로 그녀가 평어현을 향해 걸음을 옮겨 갔다.

정우와 아영은 다른 의미로 왕정을 찾아가려 하고 있었다.

"정마로 해야 하려나?"

"혜에…… 소개를 해야지 소개를!"

"이미 아는 사이에 뭘?"

"정식으로 이야기는 해 줘야 할 거 아냐. 집안 허락도 받았으니까!"

무림 전체로 연분에 대한 소문이 나돌던 둘이 아니던가. 그 둘은 소문의 정확함을 증명하는 듯 실제로 연분을 날리고 있었다.

철아영의 선택은 의외로 왕정이 아닌 정우였던 것이다.

하기야 많은 시간을 둘이서 할애하였으니, 연분이 나는 것도 자연스러운 모습이기는 하였다.

다만 가장 가깝다고 할 수 있는 이화, 제갈혜미 등에게는 소식을 아직 전하지 못한 두 사람이었다.

집안 허락을 받느라 시간이 걸린 것이지만, 어쨌건 알리는 것이 좋은 일인 터.

"그렇다면야 가야겠지. 오랜만에 대련도 하고……."

"핏. 완전히 깨질걸?"

"이래 봬도 방주라고!"

"푸훗. 그래. 그래. 가자고."

둘은 그렇게 닭살을 날리며 평여현을 향해 나아갔다.

"가시는 겁니까?"

"노야! 내가 꼭 차지하고 올 테니까! 그때까지 일독지문도 부탁해. 헤헤."

"……문주님은 이럴 때만 애교지요."

"헤헤……."

모든 일을 끝낸 독곡의 일을 정리하기 위해서 잠시 독곡에 머물렀던 운민은, 다시금 중원 출정을 하게 되었다.

왕정의 일로 독곡과 독인이라는 것에 대한 많은 변화가 예상되는 독곡이었지만, 지아비를 향한 마음을 막을 수는 없는 터.

"허허. 노년에 피곤해지겠군요."

"그래도 나쁠 것은 없잖아? 후후. 이래 봬도 독곡을 넘어 중원에 최강무인을 가진 문파라고."

왕정이 있는 한은, 일독지문을 노리는 곳은 없을 터. 결국 그녀도 무조건 적으로 떼를 쓰고 가는 것만은 아닌 것이다. 다 상황을 보고 움직이는 것이다.

"기다리고 있겠습니다."

"응! 다녀올게!"

"문주님 말고, 어여쁜 아이를 밸한 섭니다. 후후. 이번에는 꼭 성공하시기를!"

"노야!"

왕정에게 가려고 분주히 움직이는 그녀에게 한 노야가 한 방을 먹인다.

독곡의 여인이 왕정을 향해 갔다.

"가야겠지. 후후."

그 뒤로 제갈혜미가 왕정을 향해서, 움직인다.

그녀가 움직이는 것은 이미 예정된 일인 터. 왕정으로서도 기다리고 있을 정도이니 더 말할 필요가 무엇이랴.

다만 의외인 것은,

"마음이 정말 있기라도 한 것이더냐?"

"확인을 해보려 하는 것이지요. 확인이요."

"하…… 딸이라지만, 여인의 속은 정말 알 수가 없구나."

조용하기만 했던 사도련이 왕정을 향해서 발걸음을 옮기기 시작했다는 것이 의외일까나?

마지막의 마지막에까지 미루기만 하던 재난. 다른 이에게는 행복해 보일지도 모를 여난이 그를 기다리고 있었다.

〈완결〉

후기

정령대공에 이어서 두 번째로 완결이군요.

처음 뵙겠다고 한 게 엊그제 같은데…… 꽤나 시일이 지난 듯싶습니다.

여전히 부족한 글, 부족한 실력이었지만 나름 열심히는 했습니다.

만족을 하셨는지는 모르겠습니다. 다만 만족하시기를 작게 기원할 뿐이지요.

완결 이후 다음 작품으로 헌팅물을 쓰고 있습니다. 제목은 '공헌자' 정도가 될 듯싶습니다.

사실 일 년도 더 전부터 써왔던 작품이지만, 뵙는 것은 9월

쯤이 되지 않을까 싶네요.

재미있는 글을 쓸 수 있도록 계속 노력하겠습니다.

가능하다면 다음에 뵙겠습니다.

DREAMBOOKS